岡崎マサムネ
illust てつぶた
JN151860
株式会社
林
異世界リーマン、勇者パーティーに入る
a salaryman in another world joins the hero's party.

プロローグ
「では、
最後のパーティーメンバーを紹介する。
営業のハヤシじゃ」

「営業のハヤシ!?」

どっちなんだ、ハヤシさん
「無理して食べなくていいですから」

「あ、すみません。
お先にいただいてしまいました」
「食べたの!?」
?

ハヤシさんの命を大事に
「何用だ、人の子よ」

「お世話になっております、
わたくし営業の林と申します」

▶もくじ

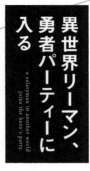

異世界リーマン、勇者パーティーに入る

a salaryman in another world joins the hero's party.

岡崎マサムネ
illust てつぶた

▼登場人物 character

アレク ▼職業：勇者

伝説の聖剣を抜き、勇者となった少年。
魔王を討ち滅ぼすため、
優秀な仲間と共に冒険の旅に出た。
好奇心旺盛で元気な性格。

ロック ▼職業：戦士

元傭兵で、仲間のなかでは最年長。
面倒見の良い性格で、
勇者パーティーのまとめ役。
若いメンバーが多いため、
おじさん扱いされがちだが一応20代。

レオン　▼職業：魔法使い
勇者パーティーの後衛担当。
もの静かな性格で、
あまり群れることを好まない。
だが、意外と抜けている一面も……。
シャーリー　▼職業：僧侶
唯一の女性で、
勇者パーティーの癒やし枠。
冒険は初めてだが、
かなりの根性の持ち主。
実は仲間のなかで最も大食いだったり。
ハヤシ（林）　▼職業：営業
数十年に一度出現するとされる、
異世界人の男性。異世界では
とある企業の営業職をしていた。
温厚で優しい性格だが、
その笑顔の裏はなかなか読み取れない。

プロローグ

「勇者アレクよ、必ずや魔王討伐を成し遂げるのだ」

「はい、王様」

「うむ。期待しておるぞ」

謁見の間で頭《こうべ》を垂れる俺に、王様がたっぷり蓄えた髭《ひげ》を撫《な》でつけながら、ゆっくりと頷《うなず》く。

地元の村で伝説の聖剣を抜いて、勇者になった。

世界に魔王が生まれると、それに呼応するように現れるという神の使徒。それが勇者だ。

勇者としての修行を続けること十年。

いよいよ始まるんだ。俺の冒険が。

わくわくする俺に立ち上がるように示した後で、王様が謁見の間に人を呼び入れる。

王様や偉い人たちが勇者の仲間として相応《ふさわ》しい冒険者を選定してくれているという話だった。この四人が俺と一緒に旅をしてくれるメンバーなんだ。そう思って姿勢を正す。

「ではパーティーメンバーを紹介する。まずは戦士のロック」

「おう、よろしくな」

がっしりした体つきの男が、鎧《よろい》をがしゃがしゃといわせながら手を挙げた。

「次に魔法使いのレオン」

「フン、僕の足を引っ張らないように」

俺と同じくらいの年の眼鏡の男が、黒いローブを翻《ひるがえ》してつんとそっぽを向いた。

「次に僧侶のシャーリー」

「頑張りますね！」

俺と同じくらいの年の女の子が、胸の前でメイスを持った両手をぎゅっと握りしめた。

「最後が営業のハヤシじゃ」

「初めまして、営業の林です」

「営業のハヤシ!?」

知らんやつ出てきた。いや全員初対面だけど。

知らん職業《ジヨブ》のやつ出てきた。

黒い髪をぴっちりと分け、黒い見慣れない衣服に身を包んだ男だ。

男は俺に向かって頭を下げながら、何やら四角いカードを差し出した。

そのカードには見たこともない文字？　記号？　が並んでいる。

「え、何、エイギョウのハヤシって誰!?」

「わたくしこういう者でして。いつもお世話になっております～」

「お世話してない！　初対面!!」

男が「不思議な踊り」めいた動きでカードを差し出したまま近づいてくる。咄嗟《とっさ》に距離を取った。何。意味が分からなすぎる。

頭がぐるぐるしてきた俺は、混乱を王様にぶつけることにした。

「王様、何なんですかこの人！」

「うむ。数十年ぶりに我が国に現れた異世界人じゃ」

「異世界人!?」

「異世界人というのは素晴らしいスキルを持っていると聞く。必ずやおぬしの役に立つだろう」

「え、えぇ～??」

そう言われても、エイギョウってなんだ。得体が知れなすぎる。

目の前の男を上から下まで見る。

どちらかというと痩《や》せ型で、二十代にも三十代にも四十代にも見える。不思議な容貌《ようぼう》だ。

でも、腕っぷしが強そうには見えないし、魔力も一般人以上のものは感じられない。

ニコニコと愛想笑いが顔に張り付いていて、何を考えているかも分からない。

恐る恐る、男に問いかける。

「ハヤシ、さん？　って、スキルは何持ってるんですか？」

「はい、一応情報セキュリティ管理士とＩＴパスポートは持ってます」

「アイティー？」

「あと履歴書に書けるのは衛生管理者と、TOEIC七百点くらいでしょうか」

「な、ななひゃくてん？」

「あ、すみません、低すぎますよね」

いや基準が分からないから。

高いのか低いのかすら分からないから。普通は何点なんだよ、それは。

俺の想像していたスキルっぽい名前が出てこなかったので、再度王様に抗議を試みる。

「王様、ダメですって、こんな一般人連れていったら！　怪我しますって!!」

「うーむ、じゃが異世界人だからのう。こう、見た目では分からない何かがあるのやもしれぬ」

「ええ～……」

「ものは試しと言うじゃろう」

「……はぁ、分かりました」

引く様子のない王様に、ため息をつく。

結局俺の旅の資金を出してくれるパトロンは王様しかいないのである。

「でも、危なくなったら帰ってもらうからな！」

「分かりました」

俺の言葉に、ハヤシさんは愛想笑いで頷《うなず》いた。

ハヤシさんの命を大事に

「改めて、自己紹介しとくか」

パーティー登録のために、まずは王都のギルドを訪れた。その片隅で、出会ったばかりの新たな仲間とテーブルを囲む。

俺がギルドカードをテーブルに置いたところで、戦士の男がそう切り出した。

「まずは言い出しっぺのオレからな。オレはロック。職業は戦士だ。ここの王様にはちょっとした恩義があってな。それで引っ張りだされたってわけだ」

ロックと名乗った男の鎧《よろい》に目を向ける。

かなり使い込まれている様子で、盾には掠《かす》れてかなり薄くなっているけど、何かの紋章が入っている。

どこかでお抱《かか》えの傭兵をやっていたのかもしれない。元傭兵の冒険者って意外と多いし。

「まぁこの中じゃ経験は多いほうだ。一応まとめ役と見込まれてのことだろうし、それなりに頼ってくれてもいいぜ」

ロックはそう言って、がははと豪快に笑った。

確かに身体《からだ》つきもがっしりしているし、初対面の相手の前でもどっしり構えている感じだ。

きっと冒険でもパーティーを引っ張っていってくれるだろう。

ロックの視線が俺に向いているのを受けて、頷《うなず》いて立ち上がった。

「じゃあ、次は俺だな！　俺はアレク！　職業は勇者。ずっと冒険者に憧れてたんだけど、故郷の村で聖剣の近くで遊んでたら、抜けちゃって……そっから師匠について修行して、今日までやってきたんだ」

腰に下げた聖剣を見せると、皆興味深そうに覗《のぞ》き込んでいた。

正直聖剣っていうのも何か昔話っていうか、村の子どもたちは皆本当かどうか怪しいって思ってたんだけど。

王様の使いが飛んできたのを見て、マジだったんだ、みたいな。

剣の師匠との修行の旅は……まぁ、楽しい四割、大変六割だったけど。それも、今となっては良い経験だった……とも、言えなくはない、かな。

「一応リーダー、ってことになるのかな。よろしくな、皆！」

「つ、次は、わたし、ですね！」

俺の隣に座っていた女の子が、やや緊張した面持ちで立ち上がる。法衣の帽子と、きらきらの長い金髪が揺れた。

「僧侶のシャーリーです！　幼い頃からずっと教会でお勤めしていましたが、冒険に出るのは初めてで……ですが、足を引っ張らないよう頑張りますね！　よろしくお願いします！」

深々とお辞儀をしてから座り直す。

冒険者の中だと、魔法使いと僧侶ってインテリのイメージなんだよな。

冒険者をやるのは若いうちだけで、ある程度経験を積んだら王立の魔法研究所とか、魔法騎士団とか、教会本部とかで働くのが王道って感じだし。

だから仲間になるのはきっと若手なんだろうなと思ってたけど……たぶん年、俺と同じくらいかな。

そう思って、尋ねてみた。

「シャーリーは今、年いくつ？　十八くらい？」

「十七です」

「じゃあ俺の一個下だな」

うんうんと頷《うなず》く。

そしてシャーリーの隣に座っている魔法使いの男に話を向けた。

「な、お前は？　えーと、レオンだっけ。お前も一緒くらいじゃない？」

「…………」

無視された。

いや何で無視するんだよ。

もしかして聞こえてないのか？

「なぁ、年は？」

「……フン。年齢なんてくだらない」

そっぽを向いてため息をつかれた。

何だコイツ、ちょっとスカしてんな。見た目も眼鏡だし、なんかインテリっぽいとこが鼻につく。魔法使いってこういうヤツ、多いんだよな。

魔法使いの男の態度につられて、俺もつい不満げに鼻を鳴らす。

「いいだろ、どうせ自己紹介するんだし」

「ああ、ほら。次はお前さんの番だぜ」

ロックが取りなすように割り込んできた。

魔法使いの男はロックを一瞥《いちべつ》すると、吐き捨てるように言う。

「レオン。魔法使いだ」

「……そ、そんだけ？」

思わずズッコケてしまう。

何かもっとあるだろ、他に。年とか、出身とか、何で王様に誘われたか、とか。

「もっと何か話せよ、これから一緒に冒険する仲間なんだし」

「馴《な》れ合うつもりはない」

つんと澄ました顔で言い捨てるレオン。

い、いけすかねぇ……。

「何だよ、感じ悪ぃな」

「まぁまぁ。それよりほら、最後の一人がまだだろ」

俺が口を尖《とが》らせていると、ロックがここまで黙っていたもう一人を指さした。

そうだ。忘れてた。

黙っているのもあると思うけど、それだけじゃなくて何か、存在感がないっていうか……いつの間にか意識の外に追いやってしまっていた。

ニコニコした愛想笑いを浮かべているこの人……ええと、職業、何だって言ってたっけ。

「ご、ごめん、えーと……」

「営業の林と申します」

「やっぱり知らないんだよなぁ」

何回聞いても、知らない職業だった。

そしてやっぱり、差し出されたカードの文字も読めないんだよなぁ。

異世界人、話には聞いたことがある。ここと は文明も時空も違う、文字通り異なる世界から、たまーに迷い込んでくる存在だ。

今は魔法が発達して、送り返すだけなら成功することもあるらしいけど……意図して呼び寄せることはできない。

それでも、異世界人が勇者とともに魔王討伐をした逸話はいくつも残っているし、魔王軍に加担した異世界人に苦戦したって伝説も残っている。

それぞれ違う能力だったらしいけど、皆俺たちにはない特別なスキルを持っていたそうだ。

その異世界人をイメージしてから、目の前の男……ハヤシさんの姿を見る。

装備、何か黒くて薄そうな、布の服。茶色の革のかばん、革靴。武器、なし。魔力、なし。顔色、悪し。

……なんか違う。

絶対、違う気がする。

そういうのじゃない気がする。

さっきもらったばかりのギルドカードに手をかざして、わずかに魔力を込める。

空中に文字が浮かび上がった。ギルドでパーティー登録すると、パーティーメンバーのステータスが確認できるようになるのだ。

並んだ五人のうち、ハヤシさんのステータスを確認する。

レベル1。攻撃力1、防御力1、魔力1、体力5、素早さ4、回避15。

……ヤバい。

どう考えても冒険に連れていっていいステータスじゃない。

こんなに1が並んでいるの、初級冒険者でも見たことない。完全に病気で寝込んでいる人のステータスだ。

「は、ハヤシさんは、異世界で冒険とか、したことある？」

「出張ならそれなりには」

「えーと、パーティー組んで、とか？」

「一人が多かったですね」

「ソロで!?」

「たまに接待もありましたが」

このステータスの人間を一人で放り出すとか、異世界、どうなってるんだ。

死んじゃうよ。即死だよ。

異世界、こっちより蘇生術が簡単だったりするんだろうか。

どうしたものかと思って、他のメンバーに手招きする。レオンを除く二人が寄ってきた。

「ヤバいって、1だよ、攻撃力も、防御力も！　連れてっちゃダメだろどう考えても！」

「つっても、王様が連れてけって言うしよ」

「異世界人、ということですから、やはり何か特別な力があるのでしょうか……？」

シャーリーの言葉に、ハヤシさんを振り返る。

見たところ、なさそう。特別な力。

王様には通用しなかったけど、一応本人相手にも説得を試みる。

「……ハヤシさん、あのね。王様からどう聞いてるか分かんないけど、勇者の旅って結構危険なんだ」

「はい、伺っております」

「伺ってるの？」

伺っててなおついてくるつもりなの？

王様ちゃんと説明した？？

ほんとに？？

「モンスターとか、魔族とか、最終的には魔王とも戦うんだよ？　怪我とかするかもしれないし、死んじゃうかもしれないし……やめといたほうがいいんじゃないかな」

「ですが、王様からは皆さまにお供してお助けするようにと指示を受けておりますので」

ハヤシさんは愛想笑いを崩さない。

もしかして王様、この人にひどいこと言ったりしてないだろうか。

勇者パーティーについていかないと元の世界に戻してやらないぞ、とか。それで無理してついてこようとしてる、とか？

いや、でもさすがにそんなこと、言わないか。こんなステータスじゃすぐやられちゃうって分かるだろうし、そしたらメリットないもんな。

戸惑っている俺たちに、ハヤシさんが両手の平をこちらに向けて、ひらひらと振った。

「お気になさらず。飛び込みには慣れていますので」

「し、死地に……?.?.」

死地に飛び込み慣れてるの?.?

そんなのに慣れないでほしい。

これから先、魔王との戦いに備えてレベルを上げつつ、魔王領を目指す旅になる。場所によっては乗り合い馬車や竜車も使うだろうけど、基本移動手段は徒歩だ。

あのステータスの人を連れていくのはほとんど殺人なんじゃないか。

嫌だよ、俺。早々に仲間が死ぬの。

言っても聞かない様子のハヤシさんを前にして、根負けしてため息をついた。

とりあえず次の街まで三日はかかるが、モンスターはほとんど出ない。

あの体力じゃ歩いて冒険するのも無理があるし、きっと次の街に着く頃には、ハヤシさん本人もついていくのは難しいって気づいてくれるんじゃないだろうか。

王様は何か言うかもしれないけど、そのときは俺も一緒に説得するし。

まずは一緒に次の街まで行ってみよう。

そう結論付けて、俺たちは出立の準備を始めた。

◇　◇　◇

「お。街が見えてきたぜ」

「は～！　久しぶりのお風呂ですね～！」

「ハヤシさん、野営ばっかだったけど大丈夫だった？」

「はい」

俺が問いかけると、ハヤシさんが頷《うなず》いた。

ハヤシさん、時々気配というか存在感がなくなるので、こうして意識して話しかけないと存在を忘れてしまいそうだ。

途中で音を上げるかと思いきや、ハヤシさんは意外とタフだった。レオンが後衛のくせに俺たちを無視してずんずん歩いていくから、そっちのほうが大変だったくらいだ。

あのステータスでどうして平気なのかはまったく分からないけど、予想に反して特に遅れることもなく、普通に街までの道のりを完走してしまった。

「会社のパイプ椅子を並べて寝るよりよほど快適でした」

「カイシャ？」

「ええと、ギルドみたいなものでしょうか」

「ふぅん」

話をしながら、門番にギルドカードを見せて街に入る手続きをする。

この街は王都からの交易の拠点となっているので、それなりに大きい。駅を有しているだけあって、門をたくさんの馬車と竜車が出入りしていた。ギルドの支部もあるし、店も宿屋も多くある。

ただ泊まるだけなら宿屋じゃなくたっていいんだけど、ちゃんとギルドで認可されてる宿屋じゃないと、魔力回復を早める魔法陣が設置されてないんだよな。冒険者にとってはそこが結構大事だったりする。

シャーリーにとってはシャワーの有無のほうが大事みたいだけど。まぁ俺もベッドでゆっくり寝たいし、それは皆一緒か。

関所を抜けて街の中に入った瞬間、視界に広がる人ごみに啞然《あぜん》とする。

大通りにぎっしり人がひしめき合っていた。

ここは確かに街の中心地で、店も多いからそりゃあ人通りも多いとは思うけど……これは普通じゃない。

「な、何だこれ。やけに賑《にぎ》わってるな?」

「何だ、アンタら旅の人か?」

近くを通った街の人が声をかけてくれた。

「ああ、今日はここで宿を取ろうと思って」

「あちゃー。そりゃ運が悪いな。今週は収穫祭が開催されるから、宿屋はどこも埋まっちまってるよ」

「え⁉」

「なっ⁉」

シャーリーとレオンが声を上げた。

いや、シャーリーはずっと風呂に入りたがってたからそりゃ残念だろうけど。

え。レオンもなの？　お前もそういうタイプなの？

呆然《ぼうぜん》とした様子の二人につられて、俺までちょっと気分が落ち込んだ。ベッドで寝たかったけど、もう一泊野営か。

「皆さんご安心を」

ため息をついたところで、それまで黙っていたハヤシさんが声を上げた。

「宿は取ってありますから」

「え？」

「出張の手配で慣れているんです。さ、こちらに」

どういうことか、半信半疑ながらもハヤシさんに導かれるままに進むと、中心地から一本道を外れたところにある宿屋に着いた。

ちゃんとギルドの紋章が入った看板が掲げられているし、食堂も併設されている。こぢんまりしているけど、外の花壇とかもきちんと手入れされている様子だ。

中に入って、ハヤシさんが宿の人に声をかける。ほどなくして、ハヤシさんが鍵を二本持って戻ってきた。

あまりにもあっけなくチェックインできてしまって、拍子抜けする。しかもちゃんと男女別に二部屋確保されていた。

「ハヤシさん、この街に知り合いでもいるの？」

「いえ。王都を出るときに、祭りのことを知ったものですから。先に予約を取っておいただけです」

ハヤシさんが当然のことのように言う。

きょとんとしている俺たちを前に、ハヤシさんは困ったように頬《ほお》を掻《か》く。

「QU●カード付きプランがあるとよかったんですが」

「くおかーど？」

「きちんと王様から経費はいただいていますので」

よく分からないが、俺たちはハヤシさんのおかげで宿にありつけたわけである。

宿屋で食事を取って、久しぶりのベッドとハヤシさんに感謝をしていると、ハヤシさんがやや声を潜めて言う。

「幹事をやることも多かったので……一応、この後のお店も手配してありますが」

「店？」

「この世界では十八歳から法律上問題ないと伺いましたので、お酒と、あと……」

ハヤシさんが俺たちにごにょごにょと耳打ちをする。なるほど、シャーリーと別部屋なのはその配慮かと膝《ひざ》を打った。

そこから俺たち男四人はきれいなおねいさんたちとお酒を飲みながら、酒池肉林《しゅちにくりん》のどんちゃん騒ぎで夜通し遊びまわった。心なしか親睦も深まった、気がする。

ありがとうハヤシさん！

◇◇◇

翌日。二日酔いの頭を抱《かか》えた俺たちに、ハヤシさんはのんびり回れる祭りの観光プランを提示してくれた。

こんなに頭がガンガンするのは、最初に酒を飲んだとき以来だ。十八になって、酒が飲めるようになって嬉しくて……あのときは師匠と二人で昼まで寝込んでたっけ。

昨日同様に祭りでごった返している街だけど、ハヤシさんについていくと不思議と人ごみを抜けていくことができた。ハヤシさんが声をかけてくれないと見失いそうになるところだけが難点だけど。

本当は買い食いとかしたいとこだけど、俺たちは飲み物だけで遠慮しておく。シャーリーは

いろいろと屋台の食べ物を買い込んで大満足の様子だ。

僧侶って回復魔法で生命エネルギーを使うからか、痩《や》せの大食いが多い。その細い体のどこに入るんだろうというくらい、するすると食べ物が吸い込まれていった。

土産物《みやげもの》屋なんかは綺麗な小物とかアクセサリーがあって、これまたシャーリーが夢中になっていた。

昨晩置いていった負い目があるからか、シャーリーの買い物が長くても誰も文句を言わなかった。

シャーリーも買い物ができて、俺たちものんびり歩きながら二日酔いの体を休めることができる。どちらもにっこりのプランだ。

ハヤシさんは少し離れたところで、レオンと一緒に追加の飲み物を買うために、にこやかに街の人と話している。

俺にはつんけんしてつっかかるレオンも、ロックやハヤシさんにはあまり文句を言っていないようだった。何でだよ。

「ハヤシさんが仲間でマジでよかった」

ハヤシさんの後頭部を眺めながら、ぽつりと零《こぼ》す。

俺の言葉に、ロックもうんうんと深く頷《うなず》く。

ちょうど買い物を終えて戻ってきたシャーリーが、不思議そうに首を傾《かし》げた。

「確かにハヤシさん、いい人ですけど……そんなにですか？」

「シャーリーは旅に出るのはこれが初めてだっけ」

問いかけると、シャーリーが遠慮がちに頷《うなず》いた。

初めてならば分からないのも無理はない。

俺は師匠との旅を思い返しながら、遠い目で言う。

「この快適さが普通だと思ったら大間違いだよ。師匠との修行の旅、マジで地獄だった」

「そ、そうなんですか？」

「ああ。オレも他のパーティーにいたことがあるから分かる」

ロックも同意して、遠い目になりながら言う。

「街に着いたはいいが、泊まるところがなくて馬小屋に泊まったりなぁ」

「馬小屋に!?」

「入った飯屋が汚くて不味《まず》くて、しかもボられたりとか」

「その上あたって腹壊したり」

「よそ者ってだけで村にも入れてもらえなかったり」

「泊まった宿屋が雑魚寝の大部屋しかなくて、しかも布団にノミが……」

「も、もういいです!!」

俺とロックが矢継ぎ早に繰り広げる話をシャーリーが遮った。

顔を真っ青にして自分の肩を抱いている。よほどぞっとしたらしい。

「モンスター退治やら修行やらで体力も精神力も使うのに、疲れてやっとこさ休める、ってときに、これはかなりガックリくるぜ」

ロックの言葉に、シャーリーがぶんぶんと頷く。

戦闘以外の細々したことの重要性が分かってもらえたようで何よりだ。

俺たちだって重要性はよく分かってる。

分かってる、んだけど。

そういうチマチマしたことってどうにも、後回しになるっていうか。戦闘で手一杯、っていうか。

ロックも同じようで、やや気だるげに肩を竦《すく》める。

「でも冒険者ってのは戦うとか魔法とかは得意でも、その辺の手配が得意とは限らないだろ？」

「やるにしたってそういうの、結構大変なんだよなぁ」

「そうそう。つまり、ハヤシさんみたいな人材は非常に貴重っつーことだな」

「わ、わたし、ハヤシさんにお礼を言ってきます!!」

「私がどうかしましたか？」

いつの間にやら、ハヤシさんとレオンがすぐ近くまで戻ってきていた。やっぱりハヤシさん、時々存在感がなくなる気がする。

街を回っていると、収穫祭の時期にだけ近くのダンジョンに現れるというドラゴンの噂《うわさ》が耳に入ってきた。

そのドラゴンが持つ「竜の鱗《うろこ》」を使って武器や防具を作ると、魔族の魔法ですら打ち返す強靭《きょうじん》なものになるという。

これはぜひとも手に入れなくては。

何故かというと、ハヤシさんの防御力が1だから。

街の人からダンジョンの場所を聞いて、俺たちは一旦宿屋に戻ってきた。

皆が揃《そろ》ったところで、俺は言う。

「ハヤシさん。聞いてくれ」

「何でしょう」

「ハヤシさんはとてもよくやってくれている」

「いえいえそんなそんな」

「だから俺たちがダンジョン行ってる間、宿屋で待っててくれない!?」

俺の言葉に、他のメンバーたちも頷《うなず》いた。

だって危ないから。ハヤシさんは見るからに紙装甲だから。

俺たちはハヤシさんを失いたくないんだ。

しかしハヤシさんは「滅相もない！」という様子で首を横に振る。

「そんな。上司が残業しているのに、私だけ帰るわけにはいきませんよ」

「ダンジョン探索って残業なんだ」

俺たちは食い下がった。

予想外のサポートの良さに、俺たちの中でのハヤシさんの評価はうなぎ上りだった。

戦闘以外のことでサポートを受けられることがこんなに心理的負担を軽減するなんて、思ってもみなかったのだ。

もうハヤシさんなしの冒険には戻れない。

だからこそ俺たちはハヤシさんを失いたくない。快適な旅路を約束してくれるハヤシさんを。

だがハヤシさんも譲らなかった。

王様に一緒に行くと言った手前、ついていかないわけにはいかないと主張するハヤシさんの頑固さに、結局俺たちが折れた。

もちろん危なくなったらすぐに帰るという条件付きで、だが。

ハヤシさん、一撃で死にそうだけど本当に連れていって大丈夫だろうか。

一応、すぐに教会に担ぎ込めば蘇生できることも多いけど……絶対ってわけでもないしなぁ。

……不安だ。

◇◇◇

「……あれ。さっきの階段どこだっけ？」

ダンジョンに入って、割と早々に迷った。

地元の人の情報から、三階層くらいまでは余裕だろうと高をくったのがあだになった。

曲がり角の向こうを覗《のぞ》き込んで首を捻《ひね》る俺に、レオンが呆《あき》れた様子でため息をついた。

「おい、何故マッピングしなかったんだ」

「お前が勝手にどんどん歩いていくからだろ！　後衛なんだから後ろにいろよ！」

「フン。お前たちがのろのろしているからだろう」

レオンが眼鏡を押さえながらそっぽを向く。

こいつ本当にチームワークがなってない。いつか一発殴る。ちゃんと無事にここを出た後で。

周囲を見回してみるけど、洞窟《どうくつ》っぽい景色ばっかりでさっき見たような、見てないような。

こんなに入り組んでるなんて思わなかった。地元の人は迷わないのかもしれないけど、もっとちゃんと道を聞いておくんだった。

あっちか？　いや、こっちか？　と徘徊《はいかい》し始めた俺に、ハヤシさんが進行方向と逆の道を指さした。

「こっち、ですよね？」

「え？」

「え？」

きょとんとするハヤシさん。対する俺たちも目を瞬《またた》いてしまう。

「もしかしてハヤシさん、マッピングしててくれたのか!?」

「いえ、マッピングというか……昔の梅田よりもよほど簡単な作りなので」

「ハヤシさんの世界にもダンジョンがあるんですか？」

「いえ、駅です」

「駅がダンジョンなの？」

「作ったやつは何考えてんだ」

「さぁ……？」

ハヤシさんが首を傾《かし》げた。

まぁダンジョンを作るような人間の気持ちなんて分かるはずもないか。

ハヤシさんの案内もあって、そこから先は最深部近くまですいすいと進み、祠《ほこら》のある小部屋に辿《たど》り着いた。

だがその小部屋に入った瞬間、びりびりと全身の毛が逆立つような感覚に襲われる。

肌で感じるほどの、プレッシャー。とてつもなく大きな力の何かが、ここに、いる。

ドオオオン!!

轟音《ごうおん》と、咆哮《ほうこう》。

地面が大きく揺れて、地割れから巨大な何かが這《は》い出してきた。

もうもうと上がる土煙の隙間から垣間見えるそれは——確かに竜の、形をしていた。

だが、街で見かける竜車のそれとは比べ物にならない。

デカすぎる。

まるで山が動いているようだった。大きさに圧倒されて、言葉も出ない。

「何用だ、人の子よ」

地鳴りのような、だがかろうじて言語として認識できるような、低く唸《うな》る声がする。

目の前の竜が発しているようだ。人語を操るドラゴンもいると聞いていたが……モンスターというのは知能が高いほど、強大な力を持っている。

すごいプレッシャーだ。立っていることすらままならない。これが、竜種の力……！

こんなの倒すどころか、近づいて鱗《うろこ》を取るのだって無理に決まって……


「お世話になっております、わたくし営業の林と申します」


「ハヤシさん!?」

俺が膝《ひざ》を折ったところで、颯爽《さっそう》と隣を駆け抜けていく者がいた。

ていうかハヤシさんだった。

低く腰を折りながら、メイシとかいう例のカードをドラゴンに向かって差し出している。

「ちょ、ハヤシさん！　大丈夫なの!?」

「何がでしょう？」

「このプレッシャーだよ！」

「すみません……元上司がパワハラ気質だったせいか、プレッシャーを感じる器官が麻痺《まひ》していているのかもしれません」

「ハヤシさんの身体《からだ》どうなっちゃってんの!?」

竜種の威嚇《いかく》を超えるプレッシャーってどんなだよ。

元上司、ドラゴンなの？

「ハヤシさんそのギルド絶対辞めたほうがいいって」

「オレたちちんとこ来いよ」

俺たちの勧誘に愛想笑いを返してから、ハヤシさんが手に持っていた紙袋をドラゴンに差し出した。ドラゴンの瞼《まぶた》がぴくりと動く。

「これは」

「お酒がお好きだと伺いましたので、お持ちしました」

珍しくいつもの手提げかばん以外に何か持っていると思ったら、酒だったのか。

そういえばさっきダンジョンの話を聞いたとき、街の子どもがドラゴンは酒好きで話し好き、とか、そんなことが書いてある絵本を見せてくれたような。

ハヤシさんが差し出した酒を、ドラゴンは機嫌よく飲み干していく。

あっという間に瓶が空になって、ハヤシさんが「ささどうぞどうぞグイッと」とか言いながら次の瓶を差し出す。その繰り返しだ。

「人の子よ。おぬしなかなかイケるクチではないか」

「いえいえ、ドラゴンさんに比べれば大したことは」

「ほれ、ワシが注いでやろう」

いつの間にやらハヤシさんまで酒を飲んでいる。どんどんと空き瓶が積み上がっていった。

酒が美味いのとハヤシさんが聞き上手なのもあって、ドラゴンは酔えば酔うほど饒舌《じょうぜつ》になっていった。

やれ最近の冒険者は、だの、やれ最近の若いドラゴンは、だの、我の若い頃はもっと云々《うんぬん》かんぬん。

ハヤシさんはニコニコして相槌《あいづち》を打ちながら、ドラゴンの長話に付き合っていた。

これがまた絶妙で、適度にドラゴンを持ち上げる内容なのだ。「さすがお強くていらっしゃる」「不勉強なもので、知りませんでした。お詳しいですね」「いや、すごいの一言です」「センスがいいですね。なかなかその一言は出てきません」、その他、諸々。

ドラゴンが上機嫌なのも頷《うなず》ける。

「そうですか、そうですか。いやぁ、私もドラゴンさんのような上司の下で働きたかった」

「ふむ、分かるかハヤシよ」

「ええ。それに比べてうちの上司は……困った人だ」

ハヤシさんが困ったように肩を落とした。ここまでずっとニコニコしていたハヤシさんの表情が曇ったものだから、ドラゴンも気になったようだ。

山のような巨体を起こして、その顔を覗《のぞ》き込む。

その距離でドラゴンを前にしてどうして平然としていられるんだ、ハヤシさん。

ハヤシさんの元上司どんなんだったんだよ。

本当に人間なのか？　モンスターじゃないのか？

「私に、竜の牙を持ってこいだなどと命令を」

「牙？」

ドラゴンの目がぎょろりと動く。

あの距離でそんな様子を見てしまったら「ぎゃっ」となりそうなものだが、ハヤシさんは顔色一つ変えなかった。

ハヤシさんを見守りながら、俺もドラゴンと一緒に内心で首を捻《ひね》る。

だって俺たちの上司——王様は、別にそんなこと言っていなかった。

俺たちが欲しいのは、ドラゴンの鱗《うろこ》だ。牙じゃない。

まさか間違えたわけじゃないだろうし……ハヤシさんは何で、そんな嘘《うそ》を言うんだろう。

「それは無茶なことを言いつけたものだ。牙は鱗《うろこ》と違って滅多に生え替わらんからな」

「ええ……それでわたくしたちも困っておりまして。何の成果もなく帰ったらクビにされてしまうかもしれませんし」

「打ち首に!?」

ドラゴンが大いなる勘違いしていた。

今どき王様だってそうそう簡単に人を打ち首にはできない。

「せめて何か、ドラゴンさんにお会いした証《あかし》を持ち帰れば、納得していただけるかもしれないのですが……」

「そうか。牙はやれんが……ちょうど抜け落ちる鱗がある。これを持って帰るといい」

憐《あわ》れむような視線をハヤシさんに向けながら、ドラゴンが尻尾《しっぽ》を差し出してきた。

ぽろり、と剝《は》がれた鱗が数枚、ハヤシさんの前に落ちる。

え?

これ、鱗?

欲しかったやつ?

マジか、こんなに簡単に?

「いえ、いただけません、そんな」

「よい。酒の礼だ。どうせ我には不要なものだしな」

遠慮するハヤシさんの手に鱗を押し付けて、ドラゴンは満足そうに目を細めた。

「また来るがよい、人の子よ」

そう言い残して、ドラゴンは壁を尻尾でごりごり削りながらその場に丸まると、ごうごうと寝息を立て始めた。

酔っぱらって眠くなったらしい。

話し好きのドラゴンというのは、どうやら本当だったようだ。


鱗を抱《かか》えたハヤシさんとともに、祠《ほこら》のある階層を後にする。

ドラゴンから離れてその重圧から解放されたところで、パーティーメンバー全員でハヤシさんを胴上げした。

「すごいぜハヤシさん！　こんなに簡単に鱗が手に入るなんて！」

「はは、たまたまですよ」

ハヤシさんが照れ臭そうに頬《ほお》を掻《か》く。

「昔の取引先の専務に似ていたので、同じ方法が通じるかと思いまして」

「ハヤシさんの取引先、ドラゴンなの？」

「四捨五入したらだいたいそんな感じです」

どういう取引先だよ。

ハヤシさんの元いた異世界への謎が深まった。

「ヤバすぎるだろ、異世界」

「ああいえ、悪い人ではなかったですよ」

「『人』なんだ……」

ドラゴン似の人間ってどういうことだ。

あと「悪い人ではない」って言い方するときはたいていその人、いい人でもないいんじゃないだろうか。

◇　◇　◇

ダンジョンを出たところで、通信魔法で王様から連絡が入った。

レオンが魔法で空中に作り出した鏡のようなものに、王様の姿が映し出される。

「勇者たちよ。竜の鱗《うろこ》を探しに行くと聞いたが、進捗《しんちょく》はどうじゃ」

「はい！　無事手に入れました！」

「ハヤシさんのおかげです！」

皆が口々にハヤシさんのことを報告する。ハヤシさんはいやいやそんなそんなと謙遜《けんそん》していた。

　ひとしきり俺たちの話を聞いて、王様がうんうんと頷《うなず》いた。

「営業のハヤシよ。此度《こたび》の働き、見事であった。無事に魔王を倒した暁《あかつき》には、きちんと元の世界に帰してやろう。安心せ」

「ダメ――――!!!!」

　その場の、ハヤシさん以外の全員の声が重なった。

　王様がぱちくりと目を丸くして俺たちを見る。

「王様、ハヤシさん元の世界に帰しちゃダメだから！」

「百歩譲って帰すにしても元のギルドは絶対ダメだ」

「ハヤシさんがいないと風呂に入れない」

「わたしたちだったら、もっとハヤシさんのこと大事にしますから！」

「み、皆さん……」

　ハヤシさんは困ったような照れくさそうな顔でおろおろしている。

　王様がたっぷりの髭《ひげ》を撫《な》でつけながら、鷹揚《おうよう》に頷いて俺たちを見下ろした。

「ふむ。最初はどうなることかと思ったが、ハヤシをメンバーに加えて正解だっただろう。やはりワシの目に狂いはなかったようじゃな」

「本当、どうなることかと思ったけどなぁ」

「結果的にめっちゃファインプレーでした」

「王様、ありがとうございます！」

皆にお礼を言われて、王様も満足したらしい。

愛想笑いで王様を見つめているハヤシさんを振り返る。

「まだ一緒に冒険してくれるよね、ハヤシさん！」

俺が勢いよく詰め寄ると、ハヤシさんはやや戸惑った様子ながらも、頷《うなず》いてくれた。

ハイタッチを交わす俺たちを、ハヤシさんはちょっぴり照れくさそうに眺めていた。

手持ちのかばんに入らなかったので、ハヤシさんから鱗《うろこ》を預かる。

鱗の数は三枚。

とにもかくにも、まずはハヤシさんの防具を作らないとな。

これからもダンジョンについてきてもらうことになるなら、少しでも防御力を上げてもらわないと、俺たちが必要以上の緊張感の中で戦闘することになってしまう。それでは本末転倒《ほんまつてんとう》だ。

とにかく、ハヤシさんの命を大事に。

これがうちのパーティーの作戦になりそうだ。

どっちなんだ、ハヤシさん

「え、装備できない？　何で」

「何でって。ステータスが足りないからだよ」


ロックとハヤシさんとで連れ立って、街の防具屋にドラゴンの鱗《うろこ》を持ち込んだ。

そこでハヤシさんが使える防具に加工してほしいと頼んだら、こう言われてしまった。

思わず振り向くと、ハヤシさんはいつもと変わらぬ愛想笑いを浮かべている。

「アンタとそっちの戦士の兄ちゃんの防具は作れるが、こっちの……ええと」

「お世話になっております、営業の林と申します」

「エイギョウ？　ってのは、そもそも何を装備する職業《ジョブ》なんだ？」

それは俺にも分からなかった。

ていうかハヤシさんの存在が謎すぎて割と有耶無耶《うやむや》になっていた。

ここは本人に聞くしかないと、ハヤシさんに問いかける。

「営業、って防具は何使うの？」

「ええと……スーツ、でしょうか？」

「スーツ？」

「この服です」

「布の服じゃん」

俺の言葉に、ハヤシさんの愛想笑いからちょっと困ったような空気が漂ってくる。

違う、別にハヤシさんを困らせたいわけじゃないんだ。

「そもそも剣士や戦士の防具を使うにはレベルが足りてない。その上ドラゴンの鱗を使った装備なんて、魔力もある程度ないと持て余すぞ」

言われて、ギルドカードでハヤシさんのステータスを再確認する。

レベル3。攻撃力2、防御力2、魔力2、体力10、素早さ5、回避20。

改めて見て血の気が引いた。普通に一般人だ。

紙装甲すぎる。

よく今まで無事に生きてこられたものだ。スライムの攻撃が掠《かす》っただけで即死だぞ。

後ろからロックもハヤシさんのステータスを覗《のぞ》き込む。

「あ、でも回避は結構高いぜ」

「スクランブル交差点で人にぶつからないように歩いていたからでしょうか」

「でも防御もシャーリー以下だよ」

「あ、あの」

ハヤシさんを取り囲んで侃々諤々《かんかんがくがく》やっていると、ハヤシさんがおずおずと手を挙げて、口を挟んできた。

「私のことはいいですから、どうぞ鱗《うろこ》はお二人の防具に全部使っ」

「ダメ」

ハヤシさんの言葉を即答で否定した。

「これはハヤシさんが頑張った成果だろ。ハヤシさんのために使わないと」

「そうだぜ。ハヤシさんの防御が上がりゃ、回りまわってパーティー全体の底上げにもなるんだしよ」

そう。とにかくその紙装甲を何とかしてくれないと安心して旅に連れていけない。

防御が2でも、ダンジョンや対ドラゴンではハヤシさんに助けられた。

だからこれからも一緒に旅してくれるなら、ダンジョンにもついてきてほしいという気持ちはある。

でもさすがにこのステータスでは、毎回ハヤシさんに負わせるリスクが大きすぎる。

せめてもう少し防御は欲しい。一般人というかもはや病人の域だ。咳《せき》をしたら肋骨《ろっこつ》が折れるレベルだ。

「職業もレベルも問わずに装備できるってぇと、アミュレットあたりだが……加工の難しい竜の鱗で作るとなると、魔力を使った加工が得意なエルフに頼まないと無理だろうな」

「エルフか……」

防具屋のおやじさんに言われて、ロックが顎《あご》に手を当てて何かを考えるような素振りをした。

エルフは街で見かけたことがある程度で、あんまり交流したことがない。

でも師匠に聞いたところによると、プライドが高くて気難しくって、自種族以外には冷たいんだとか。

ロックの印象も師匠と似たようなものらしく、しかめっ面をして首を捻《ひね》った。

「普通に頼んでも請け負ってくれるかどうか怪しいぜ」

「まぁ、近くのエルフの集落への地図でよかったら描いてやるよ。とりあえず、兄ちゃんたちの防具だけ先に作ってったらどうだ？　勇者の兄ちゃんの胸当てと、戦士の兄ちゃんの鎧《よろい》。今なら二つ合わせて三千ゴールドにまけとくぜ」

「うーん。ハヤシさん、それでいい？」

「ええ」

ハヤシさんに問いかけると、ハヤシさんがニコリと笑って頷《うなず》いた。

「それでは、次のお店に見積もりを取りに行ってきます」

「え？」

ハヤシさんが竜の鱗を抱《かか》えて店を出ていった。

ぽかんとして、俺たちはその背中を見送る。

待って、ハヤシさん。

まるで当然のように出ていったけども。

見積もり？　何の？？？？

全員ハヤシさんの意図が分からずに、場に何とも言えない沈黙が満ちる。

早く帰ってきてくれ、ハヤシさん！


しばらくして、ハヤシさんが戻ってきた。

その表情はさっきと変わらない、ニコニコの愛想笑いだ。

「四軒隣の鎧《よろい》屋さんが、二点セットで二千五百ゴールドで請け負ってくださるそうです」

「ま、待て待て待て、分かった、こっちは二千四百ゴールドでやってやる」

「なるほど」

ハヤシさんが頷《うなず》いて、防具屋のおやじさんの前に座る。

「勇者さん、防具の詳しい仕様はいかがされますか？」

「シヨウ？」

「ええと、性能とか見た目とか、どういう防具がいいかの要望でしょうか」

ハヤシさんに聞かれて、防具についての要望を伝える。動きやすくて軽いものがいいけれど、それなりの強度は欲しい。

続いてロックの要望も聞き取ると、ハヤシさんはかばんから取り出した羊皮紙に、すらすらと文字を並べていく。

まるで最初からあったものをなぞるように、つらつらと澱《よど》みなく文字が並べられていくのは何だか物珍しくて、つい見入ってしまう。あのカードとは違って、俺たちでも読める文字だ。

ハヤシさん、字が上手だな。

「こちら本件の契約書と仕様書になります」

「え、あ、おう」

「仕様書記載の性能を担保した防具を一点ずつ、合計二点で二千四百ゴールド。書面の記載事項をよくご確認いただきまして、この内容で問題なければこちらにご署名を」

防具屋のおやじさんが、手に取った老眼鏡を通してハヤシさんの渡した紙を眺める。

そしてへらりと口元を引き攣《つ》らせながら、ハヤシさんを見上げた。

「この内容の加工じゃ、ちょっとばかり値段が……」

「かしこまりました。無理をしていただくのは私どもとしましても本意ではございません。今回はご縁がなかったということで」

「ま、待て待て！」

あっさり引き下がろうとするハヤシさんを、おやじさんが引き留める。

そしてはぁと大きくため息をついた。タオルを巻いた頭をガシガシと掻《か》きながら、言う。

「最初に三千とか言って吹っ掛けたのは悪かった。戦士の兄ちゃんの分は問題ないが……勇者の兄ちゃんのは、そうだな。軽さを重視して薄くするか、強度を重視してもう少し重くなってもいいってんなら、この値段でやれる。そうじゃなきゃ素材そのものから替えないとなんねぇから値段も時間も倍じゃ済まねぇぞ」

「どうされますか？」

「俺？　えーと。うん、もう少しくらい重くてもいいかな」

おやじさんが突き出した紙を眺めて……文字が多くて一瞬面食らったけど……俺がそう答えると、ハヤシさんはふむふむと頷《うなず》いた。

そして俺の代わりに書類を受け取ると、何か所かの文章を書き換える。そして一度最初から目を通した後で、防具屋のおやじさんに書類を差し出した。

「仕様書の該当項目を修正いたしました。こちらご確認ください」

「あーあー、商売上がったりだよ」

言いながらも、おやじさんはハヤシさんから受け取った書類に署名をして、こちらに向かって突き返す。

そしてにやりと、不敵に笑った。

「けどまぁ、竜の鱗《うろこ》なんて滅多にお目にかかれない素材だからな。経験値と思って負けといてやるよ」

「恐れ入ります」

ハヤシさんが平身低頭で腰を折る。

やたら丁寧なハヤシさんのお辞儀を見ていたおやじさんが、ぶっと吹き出した。

「あんた、何モンだ？」

「申し遅れました」

ハヤシさんが流れるような仕草で、かばんから例のカードを取り出す。

ハヤシさんが何者かは、俺たちもよく分かっていない。

「わたくし、営業の林と申します。今後ともどうぞよろしくお願いいたします」

◇◇◇

数日後。

俺とロックの防具ができあがり、街から近いエルフの集落を目指すことになった。

防具を受け取るとき、おやじさんがついでと言わんばかりに声をかけてきた。

「そうだ。ついでだから、途中で一角《いっかく》ウサギがいたら退治しといてくれねぇか」

「一角ウサギ？　増えてんの？」

「ああ。この季節はいつもこうだ。困ったもんだぜ」

「あいつら畑荒らすからなぁ」

パーティーの練度も上げたいところだし、どうせ現れたら倒すことになる。

報酬も手に入るならちょうどいいだろうと、おやじさんの言う通りにギルドで討伐クエストを受けてから街を出た。

エルフの集落を目指して森のほうに足を向けた途端に、わんさかいる一角ウサギの群れに出くわす。

一角ウサギ、エサが増えてくる春先から夏にかけて大量発生するのだ。そしてネズミ算式に増えるのだ。ウサギなのに。

スライムと並んで初心者向けのモンスターの代表格だけあって、それほど強くない。

たとえ攻撃を食らっても、角さえ刺さらなければよろける程度だ。

ハヤシさん以外は。

だが弱いとはいえ、数が多いとそれなりに時間がかかる。前衛の俺とロックで後衛を守りながら進んでいたが、囲まれるとどうしても混戦になってしまう場面が増えてきた。

「ファイアーボール！」

「おわっ⁉」

俺の鼻先をレオンの火の玉が掠《かす》めていった。

気づかないうちに背後まで迫っていた一角ウサギが吹っ飛んでいく。

慌てて向き直って、残りのウサギを切り伏せた。

やっとあたりが静かになる。とりあえずあらかた倒した、かな。

ふうと一息をついたところで、後ろのレオンを振り返る。

「おい、撃つ前に声ぐらいかけたっていいだろ！」

「お前が僕の魔法の射線に入るからだ」

レオンがつんと澄ました顔で言う。

何だよその言い方。

「魔法使いなんだから、前に出ずに攻撃するのが当たり前だろ！」

「前衛のお前が敵を近づけさせなければ、そのくらい簡単だったんだがな」

「何だと!?」

同じパーティーの仲間なのに、ぜんっぜん歩み寄る気のなさそうなレオン。

ぷちん、とついに堪忍袋の緒が切れた。

「お前、連携して戦う気ないのかよ!?　その勝手なとこ、前々から腹立ってたんだ！」

「勝手にしろ。僕は僕のやり方でやる」

「あのな、遊びじゃないんだぞ！　カッコつけは余所《よそ》でやれよ！」

「かッ、カッコつけ!?」

「おい、お前らやめとけ。まだモンスターが近くにいるかもしれないんだぞ」

ロックの言葉に、睨《にら》み合っていた俺とレオンは、フンと互いにそっぽを向いた。

ロックはやれやれとため息をつき、シャーリーはおろおろしている。

ハヤシさんはいつも通りニコニコしていた。

全員口を噤《つぐ》んだまま、黙々と森の中を進む。

こんなとこで喧嘩《けんか》して、何か空気悪くしちゃったのは申し訳ないと思うけど。でもレオンが悪いだろ、どう考えても。

自分勝手だし文句多いし潔癖気味だし何故か飲みの席には毎回ちゃんと来るし。

しばらく無言で歩いたところで、ハヤシさんがおずおずと俺に声をかけた。

「あの。今向こうで、何か動いたような。様子を見に行ったほうがいいかもしれません」

「え。また一角ウサギかな」

「僕が行こう」

「おい、待てって」

俺より先にすたすた歩き始めたレオンを呼び止めるが、無視された。

だから、魔法使いが前衛より前に行ってどうすんだよ。そういうとこに怒ってんの、俺は！

「あ、あの、お二人とも！」

「ちょうどいい、このあたりで一回飯にしようぜ」

「え？」

こちらを追いかけようとしたシャーリーを、ロックが呼び止めた。

「今回はシャーリーの当番だろ？　オレらはここに残るから、アレクはハヤシさんと一緒に様子見てこいよ」

「……分かった」

頷《うなず》いて、踵《きびす》を返してレオンを追いかける。

さっきほど大きな群れでも来ない限り、ロックとシャーリーの二人でも十分対処可能だろう。

俺の後ろを、ハヤシさんが早足でついてきた。

「あいつ、一人で行くとか何考えてんだ」

「はい。心配ですよね」

「攻撃力なんかハヤシさんと同じくらいだぞ。それを一人って」

「はい。心配ですね」

「…………」

ハヤシさんの相槌《あいづち》に、イライラしていた気持ちが削がれていった。

そうだ。イライラするのは心配だからだ。

ハヤシさんよりはマシとはいえ、物理攻撃に対する防御力は低い。

それなのに前に出てくるもんだからハラハラして、そこで魔法が目の前を通っていったもんだから、ついカッとなった。分析すれば大したことない理由だ。

でもあのとき、レオンが魔法を撃ってなかったら、俺が敵の攻撃を食らっていたかもしれない。やり方は問題あるけど、レオンはレオンなりにできることをやったんだと、今なら思う。

レオンにも悪いところはもちろんあるけど……俺がもっと、言い方を考えて話せば済んだだけの話だし、戦い方を考えていれば防げた問題だ。

それに気づいたら、何だか意地を張っていたのが馬鹿らしくなってきた。

そもそもパーティーメンバーなんだから心配して当たり前だろ。さっさと連れ戻して飯にしよ、飯。

「ハヤシさんてさ、お人よしだよね。レオンのこと心配して」

「アレクさんのほうがお優しいですよ」

ハヤシさんに返されて、ぐっと口を噤《つぐ》む。

前に師匠に「お前はほんとお人よしだな」と言われたのを思い出した。

何となくいたたまれなくなって、話題を変える。

「にしてもハヤシさん、よく気づいたね？　俺何も感じなかったよ」

「ええと……駐車場に社長の車が入ってきた音とか、聞き分けられないといけませんから」

ごくりと息を呑《の》んだ。ハヤシさんの様子を見るとそれはスキルというわけではなく普通の能力のようだが……異世界、どんな魔境なんだ。

「異世界人の聴覚やべー……」

車というと馬車とか、竜車だろうか。取引先がドラゴンらしいし、異世界だと竜車のほうがポピュラーなのかもしれない。

その音を聞き分けるとか、人間離れしている気がするのは俺だけだろうか。

野生動物とかじゃないのか、それを聞き分けられるのは。


レオンは素早さがさほど高くないので、敵と出くわす前に追いつくことができた。

草むらをがさごそやっているレオンに呼びかける。

「おい、一人で行くなって」

「ハヤシさん」

レオンが振り向いた。

俺は無視かよ。去っていたイライラがまた戻ってくる。

いかんいかん、俺はリーダーなんだから、こんなことぐらいではキレないぞ。

「ハヤシさんが見たのはこれか？」

レオンが手に持っていた白い物体をハヤシさんに突きつける。

ウサギだった。

だらんとして動いていない。雷魔法を頭に一発、って感じだ。

「なんだ、ただのウサギか」

「一角ウサギと見間違えたんだろう」

「角がないウサギもいるんですね」

「？　そうだよ？」

ハヤシさんの言葉に首を捻《ひね》る。

じゃなければ一角「ウサギ」なんて名前にしないだろう。むしろ角がないほうが一般的だ。

もしかしてハヤシさんの世界には角のあるウサギしかいないのだろうか。

レオンの攻撃力がいかに低くても、魔法がある。モンスターでもないウサギを捕まえるくらいは簡単だっただろう。

持ってきていた保存袋を開くと、レオンが黙ってウサギをねじ込んだ。

夕飯が豪華になったな。

「その袋は？」

「保存袋。氷の魔法が込められた魔石がセットされてて、食材とか入れておくと長持ちするんだ」

「はぁ。便利なんですね」

「まぁ、魔法を込め直さないと一日くらいで使えなくなっちゃうけどね」

「つまり、レオンさんがいつも魔法を使ってくださってるんですね」

ハヤシさんの言葉で、ちらりとレオンの横顔を見る。

「……ふん」

そっぽを向いているが、何となく口元がドヤッていた。

どうだと言わんばかりの顔に、俺はついつい噴き出しそうになった。何だよ。スカしてるくせに全然ガキじゃん。

どれ、ここは俺がリーダーとして、大人になってやるとしますかね。

「ほら、帰るぞ」

「指図するな」

「ああもう、はいはい」

レオンを適当にあしらいながら、来た道を戻る。

「お前、もうちょっと前衛を信用しろよ」

「馴《な》れ合うつもりはない」

「馴れ合いとかじゃなくてさぁ」

ぐだぐだと言い訳をするレオンと、ハヤシさんと森の中を歩いていく。

木々の隙間にロックの頭がちらりと見えたあたりで、シャーリーの声が聞こえてきた。

「アレクさんとレオンさん、大丈夫でしょうか」

「ああ、心配ねぇよ」

ロックがからからと豪快に笑う。

自分たちの話をしているのだと気づいて、俺たちは咄嗟《とっさ》にしゃがみこみ、背の低い木に隠れて息を潜めた。

「でも、さっきはあんなに……」

「あいつらも冒険者なら、ちゃんと分かってるはずだ」

何を？

俺とレオンは顔を見合わせる。

「冒険者にはな、『当たり前』なんてねぇんだよ」

「え？」

「剣士が後衛を守るのだって『当たり前』じゃねぇし、魔法使いが前衛の打ち漏らしをカバーするのだって『当たり前』じゃねぇ」

ぎくりとした。

さっき俺とレオンが言い合いになった内容そのままだ。

「で、ですけど、役割ってありますよね？」

「お互いが役割を全うしてこそ成り立つもんだ。それに対するリスペクトを忘れたら、パーティーってのは崩壊する」

レオンが身じろぎする音がした。レオンにも心当たりがあるらしい。

年が近いのもあって、ついつい張り合ってしまうところがあるのは俺にも自覚があった。

切磋琢磨《せっさたくま》といえば聞こえはいいが、それでパーティー全体に悪影響が出ては元も子もない。

俺は聖剣に、レオンは王様に。それぞれ選ばれてこのパーティーにいる。目的を果たすつもりがなかったら、そもそも一緒に冒険なんかしていない。

きっと、根っこの部分は同じ、はずなんだ。

「守ってもらったら『恩に着る』だし、カバーしてもらったら『助かった』、だ。それだけでいいんだが、若いうちはなかなかどうして、すぐには出てこないもんだよな」

「そういう、ものですか?」

ロックの言葉がちくちくと耳に刺さる。

レオンも同じようで、耳が痛そうな顔をしていた。

ハヤシさんはいつもニコニコ、愛想笑いだ。

「ああ。あとは、気心知れた仲ほどおざなりになりがちだな。だからパーティーってのは意外と、同じメンバーで長く続けるより、クエストごとに組んだほうがうまくいったりするもんだ」

「確かに、クエストによって組む相手を替えるベテラン冒険者の方もいますもんね」

「まぁ年寄りだって言えないやつは言えないけどな。あいつらの師匠もそれなりに名の知れた冒険者だ。それぐらい耳にタコができるくらい言い聞かせてるだろ。今頃ちゃんと仲直りしてるさ」

「…………」

「…………」

再びレオンと顔を見合わせた。

一つ息をついてから、頷《うなず》き合う。

そして二人でその場で、わざとがさがさ木を揺らしながら立ち上がった。

「そ、そーいや、さっきは助かったわ。サンキュ」

「い、いや、僕も助けられた。恩に着る」

お互いぎこちないながらも、言うべきだった台詞《せりふ》を口にする。

今まさに戻ってきましたよ、という顔をしながら、ロックとシャーリーに歩み寄った。

何だろう。ロックもシャーリーも、二人ともやけに微笑《ほほえ》ましげに、ニヤニヤしている気がする。……うん、まぁ、ロックが気を利かせてくれたんだし。ニヤニヤされるくらいは我慢しないとな。

レオンが二人の姿を見て、ぼそりと言う。

「……待たせて悪かったな」

レオンの言葉に、目を見開く。

今度は俺がニヤニヤする番だった。

何が「馴《な》れ合うつもりはない」だよ、やればできんじゃん！

ていうか馴れ合うつもりがないやつは飲み会来ないよ。

「いやー、俺、もうお腹ペコペコ！」

一気に機嫌が直った俺は、ロックに向かって保存袋を突き出す。

俺から保存袋を受け取って、ロックが引き続きニヤつきながら言う。

「お前ら、ハヤシさんに感謝しろよ？」

「え？」

「一角ウサギなんて嘘《うそ》だ。お前らが話できるようにタイミングを作ってくれたんだよ」

言われて、後ろのハヤシさんを振り返る。

両手の平を胸の前に掲げて、「そんなそんな」というポーズをしている。

「って、え？　ほんとにウサギ、いたのか？」

袋の中を覗《のぞ》いたロックが声を上げた。

そしてロックもじっとハヤシさんを見る。

ハヤシさんはやっぱり「いえいえ私なんて」のポーズのままだ。

どっちだ。

どっちなんだ、ハヤシさん。


ロックとシャーリーと合流して、昼食を取ることになった。

街を出たばかりで食材にも余裕がある。街を出て日が経つと携帯食料を齧《かじ》るのが主になるので、こういうときくらいは少しうまいものが食べたいところだ。

……食べたいところ、だったのだが。

「……シャーリー？」

「すみません」

多くを語る前に謝られた。

いや、違う。俺は謝ってほしいわけじゃない。

今俺たちの目の前に出されたものが何か、知りたいだけなんだ。

「……シャーリー、料理苦手だったんだな」

ロックが最大限の配慮を感じさせる表現で言った。

しばらく黙って俯《うつむ》いていたシャーリーが、わっと今にも泣き出しそうな声で言う。

「だ、だって！　教会では料理なんて、したことなくて」

「言ってくれればよかったのに」

「言えませんよ！　支援職なのに、料理もできないなんて」

「そんなの関係ないって」

しょんぼりと肩を落とすシャーリーに、苦笑いする。

俺だってたいして得意なほうじゃないから、気にすることないのに。

ていうかレオンはナイフの握り方すら危なっかしいし、ハヤシさんも非力すぎて干し肉すら切れない有様だ。

野営経験の豊富そうなロックくらいしか、まともな料理はしていない気がする。

職業も、性別も。関係ないよな、料理には。

そう若干の現実逃避をした後で、再度皿の上の物体と向き合う。

料理、……料理、なんだよな?

見た目的には、触手が生えたスライムというか……ローパー系のモンスターに近い。

今までの人生十八年でローパーが皿の上にのっているところを見たことがなかったので、その時点で脳が理解を拒んでいた。

街を出てからここに来るまでに戦ったモンスターは一角ウサギのみ。ローパーは倒していない。

そしてもちろん、街で買った食材にもローパーはない。というか店には売っていない。

じゃあこれは何なんだろう、という疑問がぐるぐると頭の中を回る。

少なくとも、食べ物だと認識できる見た目でないことは確かだ。

なんか紫だし。フライパンから下ろしてしばらく経っているのに、なんかじゅわじゅわしてるし。

食材は貴重だけど、食べて腹を壊しては元も子もない。

食べたら確実に何かの状態異常になる気がする。

「あの、皆さん。無理して食べなくて、いいですから」

「え?」

シャーリーが震える声で言うと、誰かが疑問符のくっついた声を出した。

ハヤシさんだった。

「あ、すみません。お先にいただいてしまいました」

「食べたの!?」

食べたの!?!?

ハヤシさんの皿を見ると、確かに空になっている。

まずい。ハヤシさんが死んでしまう。頭の中で街の教会までの最短ルートを思い浮かべながら、ハヤシさんの肩を摑《つか》んで揺さぶる。

「マジで食べたの!?　このローパーみたいな見た目の何かを!?」

「スクランブルエッグです!」

「そう、スクランブル……スクランブルエッグ!?!?」

頷《うなず》きかけて、ぐるんとシャーリーを振り向いた。

スクランブルエッグ!?

原材料卵なの!?　緑だよ!?!?

「日本、……私のいた世界では結構普通に食べますよ、こういう見た目の食べ物」

「マジで?」

「異世界どうなってんだよ」

「ははは」

ハヤシさんが笑っていた。

笑い事じゃない。全然笑い事じゃない。

「見た目は少しインパクトがありますが、味は美味しかったですよ。食感は少しぬたぬたする感じですけど」

「食べ物に使う表現じゃない」

「す、少し殻が入っちゃったかもしれません」

恥ずかしそうにもじもじするシャーリー。

殻が入ってもぬたぬたはしないだろ。

何だよぬたぬたした食べ物って。ローパーの触手の音だよ、それは。

少し様子を見てみたが、ハヤシさんはけろりとしている。

倒れもしないし泡を噴きもしなかった。

残りの三人で顔を見合わせて、恐る恐るフォークを伸ばす。

一番防御力が低いハヤシさんが食べたのだ。俺たちだって大丈夫、のはず。

ぐにぐにするローパー状のものを無理矢理フォークで一口大にちぎり、口に運んだ。

「……食べられなくは、ねぇな。不思議と別にまずくもねぇのが、何とも……」

「でも絶対にスクランブルエッグじゃない味がするんだけど」

「何故か嚙《か》み切れないぞ……」

「ナマコみたいですよね」

「知らない食材の話されても」

異世界ではこういう食べ物が普通なのだろうか。

だとしたらやっぱりハヤシさん、帰らないほうが幸せなんじゃなかろうか。

やたら歯ごたえがあって、食べきるのに時間がかかってどっと疲れた。

食事というか、戦いという感じだった。

腹はスクランブルエッグを食べただけとは思えないくらいに膨《ふく》れたが、また食べたいかと聞かれると、……ノーコメントだな。

人間というのは、共通の敵がいると団結力が強まるらしい。

同じ釜の飯を食う、っていうか、一緒に食事をするのも絆《きずな》が深まるらしい。

その両方をいっぺんに経験したような食事を終えて、俺たちパーティーの絆も何となく、そう、何となくちょっと、深まったような気がする。

とりあえず、うちのパーティーの料理当番はロックで固定になりそうだ。

せめてお話だけでも

幸いなことに、シャーリーの料理以上のインパクトがある事態は発生しないまま、エルフの集落に到着した。

かなりの数の一角ウサギを討伐したし、次の街でギルドに行くのが楽しみだ。

集落の入り口にいた門番らしいエルフに声をかける。年頃はロックと同じくらいだろうか。見た目はちょっと美形で耳が尖《とが》っている以外は、俺たち人間と大差ない。

――が、返ってきた言葉を聞いて愕然《がくぜん》とする。

「ウンジュナーヤナンモヤイビーナガ?」

「……何言ってるか全然分かんない」

「これは古代語だな」

挨拶《あいさつ》にと思って上げた右手を下ろそうかどうしようか迷っていると、レオンがそう呟《つぶや》いた。

古代語。話には聞いたことがある。古くからある魔法の詠唱には一部残っているとか、いないとか。

ということは、魔法使いなら意味が分かるのだろうか。

「レオン、喋《しゃべ》れんの?」

「僕は現代魔法専門だ」

「じゃあ何で古代語って分かるんだよ」

「アクセントの位置と、疑問形の文末の『ガ』に特徴がある。だが僕も初級の攻撃呪文《じゅもん》に使う単語くらいしか分からない」

「攻撃してどうすんだよ」

「あのー、皆さん」

少し離れたところで何やらごそごそやっていたハヤシさんが、俺たちに手招きする。

寄っていくと、反対側にいたエルフの門番が仏頂面で俺たちを一瞥《いちべつ》した。

ハヤシさんがニコニコと愛想笑いを浮かべながら、右手の平で門番を指し示す。

「とりあえず現代語ができる方を連れてきてくださるそうです」

「え？」

エルフの門番を見る。

門番は俺の目を見て大きく頷《うなず》くと、もう一人の門番に何やら声をかけて、集落の中へと引っ込んでいった。

「は、ハヤシさん、古代語できるの!?」

「いえ、まったく」

「できないの!?」

できないの？？

できないのに？？

逆にどうして？？？？

「ボディーランゲージが通じたようです」

「……身振り手振りってこと？」

「はい。意外と通じるんですよ」

ハヤシさんが頷《うなず》いた。

どう身振り手振りしたら「現代語が分かる人を連れてきてください」になるのかまったく想像がつかないんだけど、一体何をどう表現したんだ、ハヤシさん。

「昔ミャンマーに二年ほど出向していた時期がありまして」

「みゃんまー？」

「ええと。仕事の都合で、言葉が通じない遠い国で暮らすことになって」

「は？」

「そのときも結構、ボディーランゲージで乗り切っていて。はは、不勉強でお恥ずかしいですが」

ハヤシさんは事も無げに言うが、そんなにさらりと流せることではない。

「仕事？　言葉が通じない、遠い国で？」

「はい」

「一人で？」

「はい」

「防御力2なのに？」

「はい」

ハヤシさんがきょとんとした顔をしている。その顔を見て、俺は何と表現していいやら分からない気持ちになった。

何か、悲しい。そして、悔しい。そんな気持ちだ。

歩み寄って、そっとハヤシさんの両肩に手を置く。

「ハヤシさん」

「はい」

「落ち着いて聞いてほしい」

「は、はい？」

「ハヤシさんの元いたギルドはおかしい」

俺はハヤシさんの目をまっすぐ見て言う。

ハヤシさんがぱちぱちと目を瞬《またた》いた。

これはハヤシさんから元の世界の話を聞くたびに思っていたことだ。たぶんハヤシさんのためにも、一度きちんと言っておいたほうがいい。

「いや、分かるよ、ギルドによって事情が違うのは。でもいきなり言葉が通じないところに行かされるなんて絶対おかしい」

「はぁ」

「ハヤシさんにだって家族がいるだろ」

「いえ、私は独り身でして」

「か、家族がいなくたって、友達とか、」

「友達……ですか……」

ハヤシさんが困ったように微笑《ほほえ》んだ。

その微笑みがやけに寂しげで、一瞬その場がしんと静まり返る。

俺以外のパーティーメンバーも皆俯《うつむ》いてしまっていた。

悲しい。ハヤシさん。俺やっぱり悲しいよ。

ハヤシさんの肩に乗せた手に、わずかに力をこめる。

そして意を決して顔を上げると、ハヤシさんの名前を呼んだ。

「ハヤシさん!!」

「は、はい」

「俺たちはハヤシさんの仲間だから!!」

「え、」

「ハヤシさんは、俺たち勇者パーティーの、大事な仲間だから!!」

俺が言い切ると、いつの間にやら近くに来ていたロックもレオンもシャーリーも、うんうんと頷《うなず》いている。

ハヤシさんは少し戸惑った様子で俺たちの顔を見回していた。

急にこんなこと言っても、ピンと来てないのかもしれない。でもハヤシさんの顔を見たら、言わずにはいられなかった。

友達とはちょっと違うかもしれないし、出会ってそんなに経ってないけど……俺たちは俺たちなりに、ハヤシさんのことを大切に思っていると、少しでも伝わればいいと思った。

ざり、と砂を踏む音がして、はっと顔を上げる。

そうだ。今俺たち、エルフの集落の出入り口を塞《ふさ》いでるんだった。

「お前たちか。余所者《よそ》というのは」

振り向くと、門番よりも少し年上の、ダンディな見た目のエルフが立っていた。エルフ、全員美男美女だし背も高いし、何となく迫力がある。ちょっと羨《うらや》ましい。

「はい。俺が勇者のアレク。こっちが戦士のロックに、僧侶のシャーリー、魔法使いのレオン、そんで……」

ちらりと、ハヤシさんに視線を送った。

ハヤシさんはいつもの四角いカードを差し出しながら、いつもより少しだけ、誇らしげな様子で言った。

「わたくし、……勇者パーティーの、営業の林と申します」

エルフのおじさんに向かって、ハヤシさんが柔和な物腰で話し始めた。

「お忙しいところ、突然お約束もなく押しかけまして恐れ入ります。実はドラゴンの鱗《うろこ》を加工して下さる方を探しておりまして……」

「人間の依頼を請け負う者は我が里にはいない」

「そこをなんとか、せめてお話だけでも」

「帰れ」

「ではせめて、こちらを」

ハヤシさんがかばんの中から紙袋を取り出した。

そしてその紙袋から取り出した木箱を、見事なお辞儀をしながらエルフに差し出す。

「……これは?」

「王都で人気のお菓子だそうで。もしよろしければ」

「我々は人間族の食物など」

「ああ、エルフの方はヴィーガンだとお聞きしましたので」

ヴィーガン?

ちらりとロックを振り返るが、首を横に振られた。

続いてレオンを見ると、小声で「菜食主義者のことだ」と耳打ちされた。そういえばそんな噂《うわさ》を聞いたかもしれない。

「動物性の材料を使っていないお菓子です。保存料等も不使用だそうでそれほど日持ちしませんので、我々が持ち帰っても無駄になってしまいますから」

ハヤシさん、一体どこでそんなお菓子を……と思ったら、どうやら王様に頼んで王都からわざわざ取り寄せたらしい。

シャーリーが宿に届いたお菓子を受け取るところを目撃していた。

はっと思い出す。防具ができるのを待つ間に、ハヤシさんが買ってきたお菓子を食べた気がする。

フルーツジャムがたくさん挟まったビスケットで、とてもおいしかった。

もしかしてこれを見越して、あらかじめ取り寄せていたのか。

「……依頼は受けぬぞ」

「かまいません」

冷たく言い放つエルフに、ハヤシさんはいつものニコニコの愛想笑いで頷《うなず》いた。

言い方はぶっきらぼうだが、エルフの声は先ほどよりも少しだけ、柔らかくなった気がする。

「どうぞ、お納めください。こうしてお時間を取っていただいたお礼です」

「………」

ハヤシさんの意図を測りかねているのか、エルフのおじさんが黙った。

俺たちにも、ハヤシさんの意図が分からない。

せっかく取り寄せたお菓子だ。交渉の材料にしてなんとか加工を請け負ってもらうのかと思ったが、どうもそうではないらしい。

ハヤシさんは相変わらず、人のよさそうな笑顔を浮かべている。

エルフのおじさんとハヤシさんが無言で向き合い、その様子を俺たちが固唾《かたず》を呑《の》んで見守っている。

——その沈黙を、子どもの声が破った。

「タンメヤー!!」

きゃっきゃとはしゃぎながら、エルフの子どもたちがエルフのおじさんのところに駆け寄ってきた。

子どもたちは部外者の俺たちが珍しいのか、興味津々でこちらを覗《のぞ》き込んでいる。そのうちの一人が、ハヤシさんの差し出している木箱に目を付けた。

「ウレーヌーヤイビーガー?」

「こら。ヤミレ」

エルフのおじさんが追い払おうとするが、子どもたちはわらわら近寄ってきて離れない。

ハヤシさんがボディーランゲージを交えて、ゆっくりと子どもたちに伝える。

食べ物ですよというのが横で見ている俺にも伝わってきた。

「お菓子ですよ」

「クヮーシグヮ!?　サルー!!」

子どもたちにも伝わったのか、子どもの一人がハヤシさんの手から木箱を奪い取って、そのまま集落の中へと引っ込んでいく。

「あっ、イッターヨ!!」

エルフのおじさんが止めても、まったく聞きやしなかった。

子どもたちは楽しげに笑ってふざけ合いながら、あっという間に見えなくなった。

「…………」

「…………」

エルフのおじさんも俺たちも、子どもたちが去って行った方向をじっと見つめることしかできない。

その場にまた、沈黙が満ちる。

気まずくなってきたところで、エルフのおじさんが口を開いた。

「…………入れ」

「え？」

「エルフは一方的な施しは受けない」

おじさんが踵《きびす》を返して、すたすたと集落の中へと入っていく。

門番たちは門の両脇に控えていて、俺たちを追い返そうとはしなかった。

ぽかんとしながらおじさんの背中を見ていると、おじさんがちらりとこちらを振り向いて、顎《あご》をしゃくる。

ついてこい、ってことか？

パーティーの皆の顔を見回し、互いに頷《うなず》き合ってから、エルフの集落に足を踏み入れた。


エルフのおじさんについていくと、集落の真ん中あたり、一番賑《にぎ》わう通りから一本入った先の、窯場《かまば》が備え付けられた家に辿《たど》り着いた。

見たところ普通の民家だが、ドアの上には金属で作られた看板が下がっている。

あの形は、蝶だろうか。それとも、妖精《ようせい》とか？

おじさんがドアを叩《たた》く。

ドアが開いた。中からいかにも気難しそうな顔をしたおじいさんが現れて、エルフのおじさんを招き入れる。その後ろについて、民家のドアをくぐった。

エルフで「おじいさん」ってことは、もう何百年も生きているんじゃないだろうか。

おじさんのほうのエルフがこっちを振り向いて、部屋の奥へと引っ込んでいくおじいさんの背中を指し示す。

「我が里でも腕利きの職人だ」

「……余所者《よそ》を里に入れるとは、珍しいのう。族長」

「仕方なく、だ」

おじさんエルフは族長だったらしい。もしかしたら門番のエルフは俺たちを不審者だと思って、偉い人を呼んできたのかもしれない。

職人のおじいさんの背中を追いかけて、家の奥へと進む。

床が草を編まれた絨毯《じゆうたん》で覆われていて、族長は靴を脱いで中に入っていた。俺たちもそれに倣《なら》う。

「現代語ができる方を紹介してくださったんですね。ありがとうございます」

「……一定の年齢より上の者は大抵話せる」

お礼を言うハヤシさんに、族長がつんとそっぽを向いた。

そして部屋の奥に陣取って、腕を組んで壁にもたれかかる。

これ以上は手出し口出ししないぞという、これもある意味ボディーランゲージのようなものだろう。

俺はおじいさんに向き直って、言う。

「俺たち、このドラゴンの鱗《うろこ》を使って、ハヤシさんが装備できるアミュレットを作ってくれる人を探してるんです」

「……ほう。地竜の鱗《うろこ》か」

ハヤシさんが差し出した鱗を、おじいさんがつまみ上げる。

顎《あご》に手を当ててしばらくドラゴンの鱗を眺めた後で、ちらりと俺たちに視線を向ける。

「どうしてこの里に来た？」

「え？」

「この周辺にはいくつかエルフの集落がある。他を当たるのだな」

おじいさんが俺たちに鱗を突き返した。

族長ほど厳しい口調ではないものの、俺たちを歓迎している様子ではないことが分かる。

だが俺たちもここまできて、成果が一角ウサギの角だけでは帰れない。

「ええと、でも……」

「近くの街で、こちらの里には魔力を使った加工に長《た》けた職人の方がいらっしゃると伺いまして、まずはこちらにと思った次第です」

食い下がろうとした俺の言葉にかぶせるように、ハヤシさんが言った。

あれ。鍛冶屋《かじや》のおやじさん、そんなこと言ってたっけ。エルフの集落とは言ってたけど……

いや、言ってたか？

ぴくりと、エルフのおじいさんの眉《まゆ》がわずかに動いた。

「こちらの里から出荷されたという、魔力を込めた宝石を使ったアクセサリーも拝見しました。私は素人ですが、店のご主人から評判を伺いまして。どれも地金から丁寧な細工が施されていて、石のカットも魔力の伝達効率を高める素晴らしい仕上がりだと」

「ああ、あそこの店か」

おじいさんが顎の髭《ひげ》を触りながら、頷《うなず》く。

どうやらハヤシさんが話した内容で気分が良くなったらしい。少し雰囲気が和らいだ気がする。作ったものを褒められて喜ぶのは、人間もエルフも変わらないみたいだ。

今度はおじいさんのほうから話しかけてきた。

「では、あれを見たか？」

「あれ、と言いますと？」

「ルビーを使ったペンデュラムだ。数か月前にあの街に卸したが、高価だからのう。まだ残っているはずだ」

おじいさんが、細めた目でちらりとハヤシさんを見た。

ハヤシさんはニコニコの愛想笑いを崩さずに、まっすぐにおじいさんと向き合って、そして。

「……いいえ」

首を横に振った。

……あ、あれ？

ハヤシさん？？？？？

予想と違う返事に、隣のハヤシさんを凝視してしまう。

ここは、「もちろん見ましたよ」とか言って、さらに会話がいい感じに弾んで、なんか最終的に「ようしじゃあアミュレットを作ってあげよう！」みたいな、そういう流れじゃないの？

俺の視線はおそらく横顔に突き刺さっているはずだが、ハヤシさんはまったく気にする様子もなく、ただまっすぐにおじいさんと向き合っている。

ハヤシさんは少し首を傾《かし》げながら、やや困ったように頭の後ろに手をやって、おじいさんに答えた。

「私が拝見したのは、アメジストを使ったペンデュラムでした。こちらの里で作られたものと伺いましたが……私の記憶違いでしたら、申し訳ございません」

「……いや」

ふっと、おじいさんが口元を緩めた。

見ていないと言われたはず、なのに、どこか満足げな顔をしている。

「わしが記憶違いをしていたようだ。そうだった。あの店に卸したのは、アメジストで作ったものだったたな」

そう言ってくつくつと笑う。

ハヤシさんもおじいさんに合わせて「はは、そうでしたか」とか言いながら笑っていた。

なに？　そんなにウケるところあった？？

何故二人が笑っているのか分からず、ずりずり後ろに下がって、他のメンバーにこそこそと問いかける。

「なぁ、今の何？　どういうこと？」

「カマ掛けられたんだよ」

「鎌？」

「試されたということだ」

理由が分かっているらしいロックとレオンが、俺に小声で説明する。

「ハヤシさんが適当なこと言ってるんじゃないかと思って、わざと嘘《うそ》を言ったんだ」

「何で」

「さぁ？　人間が嫌いなんじゃねぇの」

「でも、ハヤシさんはちゃんと答えた、って、ことですよね？」

「ああ。買い出しのときいろいろ装備品だの魔道具だの見てたのは、このためだったんだな」

シャーリーの問いかけに、ロックが頷《うなず》いた。

ハヤシさん、俺たちにおいしい食事処や綺麗なおねいさんのいるお店を手配してくれるだけでなく、そんなことまで調べていたのか。

「そういえば、あのペンデュラムの金具には妖精《ようせい》の刻印がされていましたね。この工房で作られた証《あかし》でしょうか」

「ふむ。どうやら本当に調べてきたらしいな」

「貴重な材料ですから。ぜひとも、最大限の性能を発揮できるような腕を持った方にお願いしたいと」

ハヤシさんの言葉に、おじいさんがふんと鼻を鳴らした。

そして俺たちに向かって、右手を差し出す。

「……いいじゃろう。その鱗《うろこ》をアミュレットに加工すればいいのだな」

「引き受けてくれるんですか!?」

「ああ」

俺が勢いよく問いかけると、おじいさんが頷《うなず》いた。

続いてハヤシさんのほうを振り向くと、ハヤシさんもいつもの愛想笑いで頷く。

「ただし、対価は五万ゴールドだ」

「ごっ、五万!?」

今度はぐるんとおじいさんのほうを振り向いた。

俺とロックの鎧《よろい》、二つ合わせて三千ゴールドだ。それが、アミュレット一つで、ご、ごご、五万ゴールド!?

贅沢しなければ数年は遊んで暮らせる金額だぞ!?

「普段は人間からの依頼などいくら積まれても受けぬ。これでも値引きしてやったほうだわい」

エルフのおじいさんがにやりと笑いながらこちらを見る。

もしかして、鍛治屋《かじや》のときみたいに吹っ掛けられているのだろうか。

それとも、さっきみたいに試されているのか？　例えば、これだけの金額を出せる覚悟があるのかどうか、とか。その可能性もありそうな気がする。

おじいさんの顔を見ながら、考える。

あまりの値段にビビッたが、俺たちには伝家の宝刀、王様に泣きついてお金を出してもらうという手がある。

ハヤシさんの身を守るためには多少の出費はやむを得ない。ここは勇者パーティーの未来への投資だと思って、王様には漢気《おとこぎ》を見せてもらうことにしよう。

「……わかっ」

「そうですか」

俺の返事を遮るように、ハヤシさんが声を上げた。

咄嗟《とっさ》に口を噤《つぐ》む。

ハヤシさんは少し俯《うつむ》いて、笑顔に少しだけ悲しげな感情をにじませながら、言う。

「確かに竜の鱗の加工は相当に技術を要すると聞きます。こちらの里で作られるのは、大量生産できるものでもない、完全なハンドメイド品です。作る職人の方に必要とされるスキルを考えれば、現実的でない価格になるのは妥当でしょう。請け負う側も常に失敗したときのリスクを考えなければなりませんから」

「失敗」という言葉に、エルフのおじいさんの耳がぴくりと動いた。

「こちらの二人の鎧《よろい》は人間族の鍛冶屋《かじや》で、竜の鱗《うろこ》を加工して作ってもらったものです。強度と魔力耐性をうまく落とし込むのは至難の業《わざ》と言われていますが、どちらも仕様を満たして仕上げていただきました。ですが、アミュレットとなると魔力を込めて加工しなければなりませんから。きっと事情が異なるのでしょうね。技術力のある方にとっても難易度が高いのだということがよく理解できました。我々の見立てが甘かったのです」

ぴくぴくと、エルフのおじいさんの眉《まゆ》が動く。

俺でも分かる。

ハヤシさんの言葉に、プライドを刺激されているのだ。

ハヤシさんの口調はどこまでも丁寧で、嫌味がない。

心の底からそう考えているのが伝わってくる。エルフのおじいさんへの配慮で言っているのが伝わってくる。

だからこそ、たぶん、より一層……おじいさんは、悔しいと思うだろう。

「このたびはご無理を言いまして、大変申し訳ございませんでした。街でこの集落で作られたアクセサリーを拝見して、『これを作られた方ならば』と思い伺いましたが……やはり、それほどの腕前の方でも難しいものなのですね」

「できないとは言っておらん。貸せ」

ハヤシさんの言葉に、黙っていたおじいさんが反論した。

そして俺の手から勝手に鱗を奪い取る。

「人間族にできることなど、ワシにとっては朝飯前じゃ」

「ですが、五万ゴールドなどという大金、我々にはとてもとても。腕前を拝見できず残念です」

「二万にまけてやる」

「…………」

「一万」

「…………」

「八千」

ハヤシさんがニコリと口角を上げて、いつものかばんから羊皮紙を取り出した。

「ワシらエルフは自給自足の民だからのう。もとより金にはさして興味がないのじゃ」

ハヤシさんの作った書類にサインをしながら、エルフのおじいさんは本気なのか負け惜しみなのか分からない台詞《せりふ》を言っていた。

「完成には五日ほどかかる。それまでは族長のところで世話になるのだな」

「え。泊めてくれるんですか？」

それまで黙って部屋の隅に陣取っていたエルフの族長を見る。

族長はちらりとおじいさんのほうを見て、そしてため息をついた。

「……狭くても文句を言わないならば泊めてやろう」

「やった！　助かります！」

「その代わり」

族長が俺とハヤシさんを見た。

そして後ろのロック、レオン、シャーリーに順番に視線を移す。

「宿代としてモンスター退治をしてもらう」

◇　◇　◇

近くの洞窟《どうくつ》までやってきた。

宝石を採掘したり地下水を汲《く》み上げるために掘り進められた洞窟に、厄介《やっかい》なモンスターが住み着いてしまったのだという。

ロックは「あいつら、これを見越して依頼を受けたんだな」とかぼやいていたが、モンスター退治なら俺たちの本領発揮だ。

一宿一飯の恩義というし、アミュレット作りも請け負ってもらえた。経験値も入るし、それで人助けもできるなら一石二鳥だ。どんどん倒していこう。

「ほらハヤシさん、あれがローパー」

「ああ、本当にナマコに似てるんですね」

「似てるんだ……」

本当にローパーに似てるやつ、食べるんだ……。

ハヤシさんと話したり、モンスターを倒したりしながら、洞窟を進む。

「ポイズントード、ドレインバット、パラライ鳥……状態異常系のモンスターが多いな」

「エルフが手こずるわけだ」

ロックが呟《つぶや》いた。

確かにさっきから、攻撃というより状態異常のスキルを避ける展開が続いている気がする。

シャーリーに回復してもらえば何とでもなるが、食らうと隙ができて他の攻撃を受けやすくなってしまう。避けるのが一番だ。

「特にドレイン系は魔法使いと相性悪いからな。見ろよレオンの顔」

「うるさいぞ……」

レオンがげっそりやつれた顔をしていた。さっきマジックドレインを食らってごっそり魔力を持っていかれたのだ。

魔力をドレインされると魔法が使えないし、エナジードレインされるとただでさえ少ない体力が枯渇する。魔法使いには天敵だろう。

魔法による攻撃と弓術を得意とするらしいエルフにしてみれば、確かにここのモンスター討伐は他人に頼みたくなるかもしれない。

この狭くて見通しの悪い洞窟《どうくつ》で矢なんて放ったら、すぐ仲間に当たりそうだしな。

ハヤシさんとシャーリーを庇《かば》いながら、洞窟の奥へ奥へと潜っていく。

「おわっ!!」

一際《ひときわ》狭い道で、壁の穴からポイズントードが飛び出してきた。

慌てて跳びのきながら剣を振るうが、倒される直前のポイズントードが吐き出した毒の唾液《だえき》が、こちらに向かって放たれて――

「ハヤシさん!!」

ハヤシさんの顔面に直撃した。

大慌てでハヤシさんに駆け寄る。

まずい、ポイズントードの唾液は攻撃力はないものの、ほぼ確実に食らった相手を毒状態にする。ハヤシさんの体力では、毒の状態異常で一歩でも歩いたら……死ぬ。

ハヤシさんの顔面を篭手《こて》でごしごし拭《ふ》きながら、シャーリーに呼びかける。

「シャーリー、早くクリアを、」

「はい！　……あ、あれ？」

シャーリーがメイスをハヤシさんのおでこのあたりに掲げて、そしてはてと首を傾《かし》げた。

どうしたんだ。もたもたしているとハヤシさんが死んでしまう。

「ハヤシさん、麻痺《まひ》してます？」

「麻痺？　毒じゃなくて？」

ハヤシさんの顔を見た。

毒状態だと顔色が緑になるのだが、ハヤシさんの顔はいつもの土気色だ。

不思議に思って、ギルドカードからハヤシさんのステータスを確認する。

ハヤシさんの名前の横に、黄色の雷マークが表示されていた。

「麻痺してる!!」

麻痺してた。

え？　何で？　毒じゃなくて、麻痺？？

そういえば前、ドラゴンと相対したときにハヤシさん、麻痺がどうとか言っていたけども。

まさか状態異常《そういう》の麻痺だと思わなかった。

「麻痺、ですか」

「ほら、ここに何かマーク出てるだろ」

「ああ」

ハヤシさんに自分のこめかみのあたりを指して示す。

他人には見えないが、状態異常にかかっていると自分自身には何の異常が現れているかを示すマークが見えるはずだ。

ステータスにあるのと同じような雷のようなマークが、ハヤシさんの視界には常にチラチラしているはず、なのだが。

ハヤシさんはけろりとした顔で言った。

「これ、この世界に来たときからずっと出てるんです。ですからお気になさらず」

「お気になさるよ!!」

無理だよ。お気になさるよ。

超お気になさるよ。

じゃあハヤシさん、常にデバフかかった状態で生活してたの？

この世界に来てから今まで？　ずっと？？？？

「マジかハヤシさん……前にステータス見たとき全然気づかなかった……」

「と、とりあえず……クリアで治していいんでしょうか？」

「これのおかげでドラゴンの威嚇《いかく》が効かなかったと思うと、治していいのか微妙な気もするが」

「いやでも治したほうがいいだろ」

シャーリーがハヤシさんにクリアを掛ける。

が。

「あの……効果がない、みたいなんですけど」

シャーリーが戸惑った様子で俺たちを振り返る。

キラキラした光がハヤシさんに降り注いでいるものの、状態異常が回復したときに出る光のエフェクトが出てこない。普通は回復魔法とかが掛かると対象者の身体《からだ》がこう、パァッと光るのに。

念のためステータスを開いて確認しても、ハヤシさんは麻痺《まひ》したままだ。

「普通の麻痺じゃない、ってことか？」

「まぁ、そもそも普通宿屋に泊まれば回復するもんだからなぁ」

確かにロックの言う通りだ。

ということは、普通の麻痺ではない……ってことか。

治らない状態異常なんてそんなもの、ほとんど呪《のろ》いみたいなものじゃないか。

ハヤシさんのステータスは呪われていると言われたら納得するレベルではあるけども。

ハヤシさん、この世界に来たときからずっとそうだったと言っていたが……一体どこでそんな状態になったのか。

もしかして異世界にいたときから、本当にずっと、麻痺しているのか？

だとしたら異世界、ハードモードすぎやしないか？

悩んでいる俺に、ハヤシさんが困った顔をして胸の前で両手を振る。

「あの。私は治らなくても問題ありませんので」

「ありまくるよ」

「……なぁ。思いついちまったんだけど」

俺と同様に何かを考えている風だったロックが、やや言いにくそうに声を上げた。


「来るぞ、アレク！」

「おう！」

ハヤシさんにパラライ鳥の放った鳴き声が直撃する。

しかしハヤシさんはもとから麻痺しているので何の影響もない。

「でやぁ！」

ロックの斧《おの》を躱《かわ》したドレインバットが、マジックドレインをハヤシさんに食らわせる。

だがハヤシさんはもとから魔力が2しかないのでこれ以上は下がらなかった。

「くらえ！」

レオンの魔法でつぶれたポイズントードが、断末魔とともに粘液を吐き出した。それがハヤシさんにぶちまけられる。

しかしハヤシさんの素早さはもう下がらない。

ロックが思いついたのは、ロックの持つ「ターゲット集中」のスキルをハヤシさんに使うという作戦だった。

本来は防御力の高いロックが自分に使って後衛を守るためのスキルだが、ハヤシさんには状態異常系の攻撃が効かない。

何故なら状態異常は重複することがないからだ。

ハヤシさんはすでに麻痺《まひ》しているから、状態異常系の攻撃はすべて無効化できる。

さらにハヤシさんは魔力も攻撃力も防御力もすでに最低値なので、それらを下げるデバフも効果がない。

この戦法でいけば、この洞窟《どうくつ》のモンスターたちの攻撃はほぼ無力化できた。驚くほどスムーズに攻略が進む。

だが。

「良心が痛むよ!!」

俺はがっくりと膝《ひざ》を折った。

ハヤシさんが攻撃を食らうのを見ていられない。かわいそうすぎる。だって防御2しかないのに。

いくら効果がないからといって、モンスターの粘液やら何やらまみれになるのは気分がよくないだろう。

回避もせずに直撃する様を見ているとあまりに胸が痛む。心がしんどい。

ハヤシさんを犠牲にして得た勝利に果たして何の意味があるのか。攻略が早く進んだからって一体何だというのか。

これは助け合いとかそういうのじゃないだろ。

とりあえずどこをどう見たって勇者パーティーのやり方ではないのは確かだ。

「やめよ、普通に戦おう、正々堂々」

「私は何ともありませんが」

「俺が嫌なの!!」

粘液をハンカチで拭《ふ》きながら微笑《ほほえ》むハヤシさん。

ハヤシさんがよくたって俺が嫌だ。

こんなこと許されていいはずないだろ。

ロックが頭をガシガシと掻《か》きながら眉《まゆ》を下げた。

「言い出しといて何だけどよ。オレもこれはダメだと思うわ。ごめんハヤシさん」

「いえ、私は普段戦闘ではお役に立てませんから。これで皆さんのお役に立てるなら……」

「ハヤシさんはちゃんと役に立ってるよ!!」

俺がハヤシさんの肩を摑《つか》んで揺さぶると、ハヤシさんはへらりと笑って、いえいえそんなと首を横に振った。

こんなに力になってもらっているのに、どれだけ謙虚なんだ、ハヤシさん。

ハヤシさんはなおも言い募る。

「今回のアミュレットだって、私の防御が低いばかりに皆さんのお手を煩《わずら》わせて」

「僕たちがやりたくてやっていることだ」

「そうですよ。こうしてモンスター退治もできて、レベルも上がりますし」

「経験値のためにも普通に戦ったほうがいいしな」

いえいえ私なんてと粘るハヤシさんを宥《なだ》めすかしながら、皆で急いで洞窟《どうくつ》のモンスターを一掃した。

また囮《おとり》になりますとか言われないうちに片付けて帰ろうという目的が一致したせいか、普段より効率よく片付けることができた、気がする。

これもある意味ハヤシさんのおかげ、なのかもしれない。

◇◇◇

「かんぱーい!!」

俺たちは祝杯を挙げていた。

無事にハヤシさんのアミュレットが完成して、エルフの里を後にして近くの街までやってきたのだ。

エルフの里はいいところだった。

美人がたくさんいるし、食事もおいしいし、水も綺麗だったし。

でもさぁ。

やっぱりさぁ。

肉、食べたいじゃん。

酒、飲みたいじゃん。

そういうわけで、ハヤシさんが手配してくれたお店でさっそく、食べて飲んでエネルギーを補充していたのである。

肉、うめぇ～～～～!!

簡単には嚙《か》み切れない赤身の歯ごたえ、筋繊維からあふれ出す肉汁、菜食に慣れた身体《からだ》に染み渡る肉の脂……

生き物、うめぇ～～～～!!

前衛で体力仕事の俺とロックはもちろんのこと、レオンもシャーリーも久しぶりの肉料理に夢中になっていた。

ちゃんと肉料理がおいしい店を選んでくれるあたり、さすがはハヤシさんだ。

今日はシャーリーも一緒なので普通の酒場だが……きっとハヤシさんのことだ。

この後ムフフな二軒目を用意してくれているに違いない。

久しぶりの酒と肉がうますぎて、気分よくグイグイいってしまった。

俺も何だか、頭がふらふらする。

ふと、ハヤシさんに目を向けた。

ニコニコしながら俺たちの話を聞いて、イイ感じのところで料理を取り分けて、グラスが空いたら飲み物を頼んでと、食事の場でも俺たちを気遣ってくれている。

ハヤシさんの顔は赤くもなっていないし、酩酊《めいてい》している様子もない。

ハヤシさんはお酒、飲んでいないのだろうか。

これまでのことを振り返っても、ハヤシさんが酔っているところを見たことがない気がしてきた。

俺がだいたい一番最初に潰《つぶ》れているからかもしれないが。

「ハヤシさん、飲んでる!?」

「はい、いただいてますよ」

ハヤシさんに肩を組みながら声を掛ければ、いつも通りの愛想笑いが返ってきた。

確かに手元のグラスは酒のようで、ほとんど空になっている。

ロックもハヤシさんのグラスを覗《のぞ》き込んで、目を丸くした。

「なんか、全然見た目じゃ分かんねぇのな。酒強いのか？」

「いえ、強いというほどでは。仕事柄飲む機会が多かったもので」

「ふぅん。エイギョウってお酒飲むんだ」

ハヤシさんの職業《ジョブ》のことを正直まだよく分かっていないけど、対人スキルが優れているのは何となく分かった。

きっとハヤシさんがこんなに気遣いができるのも、頑張ってエイギョウのスキルを磨いてきたからなんだろう。

その対価として得たのが消えない麻痺《まひ》なんだとしたら、何とも浮かばれないけども。

「ハヤシさん、お酒好き？」

「好きな方《かた》が多いと思いますよ」

「じゃなくて、ハヤシさんは？」

俺の言葉に、ハヤシさんがぱちぱちと目を瞬《またた》いた。

そして自分の手元に視線を移す。

その横顔が何だか、寂しく感じた。

もしかしてハヤシさん、あんまりお酒、好きじゃない？

なのに、無理して俺たちに付き合ってくれてるのか？

そう思ったら、何だか無性にやりきれない気持ちになった。

自分の手元のグラスを一気に呷《あお》って、ついでにハヤシさんの分の酒も飲み干して、カウンターの中のマスターに向かって言う。

「マスター！　ジュース！」

「え？」

「ハヤシさん甘いの好き!?　それかお茶とかのがいい!?」

「あの」

ハヤシさんがおろおろと俺の顔とマスターの顔を見比べている。

俺はこみ上げたしゃっくりとともに、ハヤシさんの肩を揺さぶった。

「何だよ、俺のジュースが飲めないってのかー」

「あーあ、こいつ酔ってんなぁ」

「酔ってねぇよ」

苦笑交じりでため息をつくロックに言い返す。

ちょっと頭がふらふらするけど、まだ全然だ。立ち上がって、マスターから差し出されたジュースの瓶をハヤシさんの前に置いた。

「好きなの飲んだほうがいいじゃん」

「アレクさん……」

どかりと腰を下ろした。

ぐらぐら視界が揺れている。立ち上がったら、一気にきた。

さっきまでマジで全然大丈夫だったのに、こんな急にくる？　初速が速すぎる。

飲んで食べたものがせり上がってくる酸っぱい気配を感じた。

あ、これ、ダメかも。

「……うぷ」

「アレク？　お前だいじょ、うわ！　こいつ吐きやがった!!」

◇◇◇

「悪いな、片付けまで手伝わせて」

「いえ」

一通り片付けを終え、勇者アレクを横向きに寝かせたところで、ロックとハヤシは一つ息をついた。

アレクが潰《つぶ》れるのは珍しいことではないが、今日はなかなか派手な潰れ方をしたのでドタバタした。

ロックが無精髭《ぶしょうひげ》の生えた顎《あご》をざりざりとなぞりながら、ぐうぐうと呑気《のんき》な寝息を立てるアレクを見下ろす。

「飲み足りねぇが、今日はさっさと退散するか」

「ああ、それならアレクさんは私が連れていきますので、ロックさんはどうぞお気になさらず」

「ハヤシさんが運ぶのは無理だろ」

「宿はすぐそこですし、レオンさんと二人でしたら、何とか」

「フン、仕方がない奴らだ」

レオンがつまらなそうに鼻を鳴らしながらも、アレクの肩を抱《かか》えた。

口では何だかんだと言いながらも、たいして嫌がっている様子はない。

ハヤシが反対側に回って、アレクのもう片方の肩に手を回す。足が地面に着いてしまっているが、何とか運べそうだ。

「いや、でもよ」

シャーリーも呆《あき》れた顔で二人分の荷物を肩に掛けて、宿屋へと戻る支度を始めている。

「ロックさん」

さすがにアレクと荷物を皆に任せて、一人だけ飲み直しに行くのは気まずいのだろう。

渋るロックに、ハヤシがそっと耳打ちをした。

「実は二軒目が予約してありまして」

「え」

「ロックさんが行ってくださらないとキャンセルになってしまうので」

ロックが目を見開いて、ハヤシを見る。

ハヤシは他の二人に聞こえないよう声を潜めて、続けた。

「今回は趣向を変えて……客がモンスターになりきって、テイマーに扮《ふん》した女性に使役されるというコンセプトのお店でして」

「……テイマーに？」

ロックの眼光が鋭くなった。

「何でも少し刺激的なオプションもあるとか。テイマーですから、鞭《むち》とか、縄とか」

「む、鞭とか、縄とか……」

「トラバサミとか」

「……トラバサミ……」

ごくりとロックが生唾《つば》を飲み込んだ。

ハヤシがそっとロックに店の場所を書いたメモを手渡して、離れる。レオンとシャーリーが不思議そうな顔で、二人の様子を眺めていた。

「しょ——がねぇなぁ！　キャンセルするのはお店に悪いしな！　俺が行ってくるわ!!」

「ありがとうございます」

勢い込んで店を出ていくロックを、ハヤシはにっこりと笑って見送った。

初回ご依頼特典として二十パーセント増量

「おお、勇者よ。酔って潰《つぶ》れるとは情けない」

「何で王様がそんなこと知ってんだよ」

二日酔いでガンガンと割れそうな頭を抱《かか》えていると、王様から通信が入った。

この前のドラゴンの鱗《うろこ》のときもそうだったけど、まるで見張っているかのようなタイミングだ。

王様はたっぷり蓄えた髭《ひげ》を撫《な》でつけながら、当然のように答える。

「ハヤシから毎日日報が届くのじゃ」

「日報？」

「これです」

ハヤシさんがいつも持っているかばんから、一枚の石板を取り出した。

いや、石、なのか？　黒曜石にしたってなんだかツヤツヤしているような気がする。裏面は金属で覆われていて、あまり見たことのない素材だ。

「ハヤシが異世界から持ち込んだ道具を魔法で動くように調整したのじゃ」

「これを使うと、私の微細な魔力でも文字情報だけなら送信することができるようで」

「王様」

じろりと、空中に浮かび上がった王様の姿を睨《にら》む。

「ハヤシさんだって慣れない冒険で疲れてるのに、毎日そんなことさせるなんて」

「いやワシは毎日じゃなくていいと言っておるのだが」

王様が居心地が悪そうに忙《せわ》しなく髭を撫でる。ハヤシさんのほうを振り向くと、ハヤシさんも気まずそうな顔で頭を掻《か》いていた。

「癖になっていまして……何もしないのはかえって落ち着かないものですから」

「でも疲れてるときだってあるだろ」

「どんなときでも報連相は基本だと教わったもので」

「ホウレンソウ……？　どういう教義の宗教なの？」

「いえ、宗教ではなく会社の方針で」

カイシャというのはハヤシさんの元いた世界のギルド、のようなものだったはず。

やっぱり俺、そのギルドおかしいんじゃないかと思うんだけど。

「てかハヤシさんのかばん何入ってんの？」

「これですか？」

ハヤシさんが手に持っていた板を机に置いて、かばんの中に手をつっこむ。

そして中に入っていたものを順番に机に並べていった。

「財布に、ハンカチ、ティッシュ、タブレット用のペン」

「たぶれっと?」

「あの板です」

最初にハヤシさんが置いた板を指さす。なるほど、あれにこのペンで文字を書いて、それを王様に送る仕組みなのか。

ハヤシさんのわずかな魔力で文字が送れるって、どういう仕組みなんだろう。

「あとは、手帳と、スマホと、定期入れと」

「テイキ……?」

「名刺入れ」

「メイシは知ってる」

ハヤシさんが机に並べた革のケースを手に取って開けると、すっかり見慣れたカードが出てきた。

ハヤシさんがいつも初めて会う人に渡しているカードだ。何度見ても、何て書いてあるのかは分からない。

「コンビニでもらったお箸《はし》と、お手拭《ふ》き」

「こんびに?」

「ええと、居酒屋でもらったハッカの飴《あめ》」

「飴」

「あとお箸と、お手拭きと」

「同じのまた出てきた」

ハヤシさんのかばん、見た目よりもずいぶんたくさん入っているような気がする。

結構平べったい形をしているし、ハヤシさんの力でも一日中持ち運べるくらいだ、そんなに重くないはずなのに。

「歯ブラシ、歯磨き粉、汗拭きシート、下着……」

「そのかばん下着まで入ってるの⁉」

「急に泊まりになることも多かったですから」

ハヤシさんが苦笑いした。

こんな装備で宿泊するのか？　そういえば、カイシャで寝るとかなんとか言っていた、気がする。

大きな街のギルドみたいに簡易の宿泊施設が併設されているのかもしれない。

「あとはカ●リーメイトですね」

「かろ……？」

「栄養価の高い、……携帯食料、でしょうか」

「へぇ！」

ハヤシさんが取り出した黄色の箱を手に取る。木箱かと思いきや、紙でできているようだ。

軽いし、小さい。携帯食料ということは、乾パンとか、干し肉の類とか？

「異世界の食べ物か～！　なんかすげぇ」

「……召し上がりますか？」

「え？」

ハヤシさんに聞かれて、手元の箱に目を落とす。

正直、興味はある。興味は、あるが。

俺はぶんぶんと首を横に振った。

「い、いやいや、ダメだよ。ハヤシさんの故郷の味だろ」

「それ、あまり味がしなくて」

「何かヤバいこと言ってない⁉」

ハヤシさんの言葉を脳内でじっくり反芻《はんすう》する。

いや、どう考えても味がしないのはヤバいだろ。

「え？　は、ハヤシさん？　まさか食べ物の味分からないとか言わないよね？」

「なっ……だからシャーリーの料理も躊躇《ちゅうちょ》なく食べたのか⁉」

「確かにあれは普通の神経じゃ口に入れようとは思わねぇな」

「ワシも報告で聞いてヤバいと思ったぞい」

「もうその話はやめてください‼」

「い、いえ、違うんです」

シャーリーがロックの肩をぽかぽか殴り始めたところで、ハヤシさんが慌てたように言う。

「仕事をしているときは、不思議とお腹が空かないものですから」

「あ、それはちょっと分かるかも」

「精神に負荷がかかるような緊張状態では、空腹を感じにくくなるそうだ」

ハヤシさんの言葉に、俺とレオンが頷《うなず》く。

確かに戦闘中とか集中してると、お腹が減ってるのとか感じないもんな。

俺たちが同意したのを見て、ハヤシさんがほっと安心したように微笑《ほほえ》んだ。

「食事というか作業になりますよね」

「それは分かんないな!?」

本当に分からなかった。

俺なんか食事が一日の楽しみのうちの八割を占めているというのに、ハヤシさんにはそれがないということだろうか？

それはなんというか、かなり心配だ。ハヤシさんの人生とか、そういうのが。

「ハヤシさん、大丈夫？　ちゃんとご飯おいしい？」

「ええ、おいしいですよ」

「何かないの、好きな食べ物とか」

「好きな食べ物、ですか」

ハヤシさんが珍しく黙った。

しばらく黙ったかと思うと、何かを思い出すような仕草をする。

思い出さないと出てこないの？　好きな食べ物？？

皆が沈痛な面持ちで黙ってしまった。沈黙に耐えかねて、ロックが助け舟を出す。

「ほ、ほら。異世界でよく食べてたものとかさ」

「……ああ！　ゼリー飲料はよく飲みました」

「ゼリー？」

「スライムみたいな飲み物がパックに入っていて、それを、こう、一気にジュッと」

「食べ物の表現じゃない」

ハヤシさんがシャーリーの料理に抵抗がなかった理由が分かった気がする。

異世界の料理、そういうのが多いのかもしれない。何だか異世界人が気の毒に思えてきた。

ハヤシさんにはこっちでおいしいものをたくさん食べてほしい。

「あと、魔剤というのがありまして」

「名前からしてダメそう」

「若者にも人気だったんですが」

「ハヤシさんの元いた世界、大丈夫？　だいぶ世紀末じゃない？」

魔剤とかいうヤバそうな名前のものが若者に流行っている世界に対して不安しかない。スラム街で幻覚を見られる植物の葉っぱが取引されていると聞いたことがあるが、それと似たものを感じる。

やっぱりそんなところにハヤシさんを帰すわけにはいかないな。

「もうこの年になるとエナジードリンクではあまり効かなくて」

ハヤシさんの言葉に、思わずシャーリーの顔を見た。

エナジードリンク、異世界にもあるのか。しかもそれが魔剤呼ばわりとは。

エナジードリンクは生命エナジーの回復手段として、回復魔法と並んでポピュラーなアイテムだ。一般的な店に並んでいるのはポーションと呼ばれるものが多い。

でも結局ポーションって、自分の中の生命エナジーを活性化させるものなんだよな。元気の前借りというか、後でどっと疲れたり、やたら腹が減ったりするし。

回復魔法のほうがそのあたりのリバウンドが少ないけど、まったくないわけじゃない。自然に治る程度の怪我や消耗なら、休んで回復するほうが結果としてよかったりする。決して万能というわけではないのだ。

「なのでもっと濃度の高い錠剤をよく飲んでました」

「ダメそう!!」

何かすごくダメそうだった。

すごくリバウンドがきそうな用法用量の気がする。

僧侶として我慢できなかったのか、シャーリーがハヤシさんに詰め寄った。

「ダメですよハヤシさん！　ポーションだって副作用があるんですから、常飲するものではありません！」

「はぁ。ですが飲むと不思議と動けるもので」

「飲まなきゃ動けない状態で動いてるのがそもそもダメなんだよ!!」

シャーリーと俺とで言い聞かせるが、ハヤシさんはきょとんとした顔をするばかりだ。

全然響いている感じがしない。

呆《あき》れた様子でロックが苦笑いする。

「ひと昔前はギルドのアイテム屋にも『疲労がポンと飛ぶ』なんて謳《うた》い文句の高濃度エナジードリンク売ってたが、すぐに廃《すた》れたな」

「当たり前です！　命を縮めているようなものですよ！」

シャーリーが肩を怒らせながら、人差し指を立ててお説教を開始する。

「いいですか、ハヤシさん！　健全な肉体には健全な精神が宿るのです。つまり身体《からだ》が元気じゃないと心も疲れてしまうし、心が疲れていると身体だって元気がなくなるんです！」

「は、はぁ」

「健康の基本は医食同源です！　しっかりバランスのよい食事をとって、きちんと夜に眠って、規則正しい生活リズムでいてこそ、十全な状態で冒険に挑めるんですよ！」

「ま、まぁまぁシャーリー、そのくらいで」

「アレクさんたちもです！」

止めに入ったらこっちにもとばっちりが飛んできた。

「夜遅くまで飲み歩いて、健康に害が出ているようでは勇者一行としての自覚が──」

「ああもう、はいはい、ごめんごめん」

「そういえば王様。申請した必要経費の件ですが」

「おお、そうじゃったそうじゃった」

シャーリーのお小言に耳を塞《ふさ》いでいると、ハヤシさんがさりげなく話題を変えてくれた。

困った様子で俺たちを見下ろしていた王様も、それに乗っかる。

さすがに王様の話を遮ることは気が咎《とが》めたらしく、シャーリーが憮然《ぶぜん》とした表情ながらも口を噤《つぐ》む。ナイス連係プレーだ。

「先日のアミュレットの分も含めて送金しておいた。後でギルドで引き出しておくとよい」

「ありがとうございま、……王様？」

「何じゃ」

「何だか金額が、申請した金額よりも多いのですが」

ハヤシさんがタブレット？　を指さした。

そこに書かれている金額は、確かにアミュレット代と宿代よりもずいぶん多そうな気がする。

「……皆で何か、うまいものでも食べるがよい」

「お、王様～～～!!」

王様が顔を背けて言った、憐《あわ》れみのこもった言葉に、俺たちは思わず王様を拝んだ。

ハヤシさんのあんな話聞いちゃったら、そりゃあおいしいもの食べてよって気分になるよな。分かる。

しかし当のハヤシさんは困惑した様子で、王様を見上げていた。

「ですが、高価なアミュレット代も支給していただいて、こんな……」

「よい。何せ世界を救う勇者一行じゃからのう」

王様が髭《ひげ》を撫《な》でつけながら、鷹揚《おうよう》に頷《うなず》く。

うん、なんかちょっと、プレッシャーかけられた気がする。半分くらい冗談っぽいけど。

「それに、ハヤシが細かく経費申請してくれておるからの。元より当初予算からかなり余裕を持った執行となっておるそうじゃ。そなたの働きから見れば当然の支給じゃよ」

お金関係のことまでやってくれていたのか。ちらりとハヤシさんのほうを見る。

ハヤシさんはぽかんとした顔で、王様を見上げていた。

「ハヤシの送ってくる書類は不備が少ないと、大蔵大臣が褒めておったぞ」

「大蔵大臣はよく利用していましたので。そう言っていただけて幸いです」

呆然《ぼうぜん》としていたハヤシさんが、いつもの愛想笑いに戻って頭を掻《か》いた。

大蔵大臣を利用するって、ハヤシさんは一体どういう立場なんだ。

もしかしてハヤシさん、異世界ではエリートだった？

「ていうか王様、用事ってそれだけ？」

「おお、そうじゃったそうじゃった」

俺の問いかけに、王様が頷いた。

さっきもそんなこと言ってなかっただろうか、この王様。ちょっと適当すぎる。

もしかして本当に俺に「情けないのう」とか釘を刺しにきただけなのか？

「そなたたちのいる町の近くの街道にレッドウルフが出て、商人が襲われる事件が発生しているようなのじゃ」

「レッドウルフが？」

「おそらく一角ウサギ目当てで人里近くまで下りてきておるのだろう」

王様が目を伏せて首を振る。

「その近くの冒険者たちに依頼を出しておるのじゃが……」

「あー……レッドウルフ、厄介《やっかい》な割に実入りが悪いもんなぁ」

ロックが訳知り顔で頷いた。

俺もレッドウルフの討伐は何度かこなしたことがあるが、群れで狩りをするモンスターだけあって囲まれると結構大変だった。中堅パーティーでも討伐に失敗することがあると聞く。それなのに経験値もたいして多くないし、毛皮が独特の赤い体液を塗りたくる習性のせいでべとべとしていて——これが名前の「赤《レッド》」の由来らしいけど——すぐに剣やナイフが切れなくなる。

ドロップするのも牙か毛皮で、ちょっとしたお小遣い程度にしかならない。

べとべとになった武器の手入れ代とトントンくらいだ。


「そこでそなたたちに討伐を依頼したい」

「まぁ、人助けならしょうがないよな」

「はいっ！　頑張りましょう！」

「勇者パーティーって儲《もう》からねぇなぁ」

「フン。そのくらい僕の魔法ですぐに片付く」

「ギルド経由で受けて行くとよい。頼んだぞ」


王様がそう言って、通信が終わった。

パーティーの皆の顔を見回す。そろそろ次の街に行こうかと思っていたところだ。

食料や回復アイテムを調達して、レッドウルフ退治に行くとしよう。

◇　◇　◇

街の外に出る。

エルフの里からこの町までは、ほとんどモンスターが出なかった。

行きにあのあたりの一角ウサギを相当狩ったから、モンスターが減っていたんだろう。

だがレッドウルフが出るとなると、ここからは気を引き締めなければ。

パーティーメンバーのステータスを確認する。

ハヤシさんが服の内ポケットにしまったアミュレットも、きちんと装備品として判定されていた。

レベル5。攻撃力2、防御力27、魔力5、体力15、素早さ7、回避22。

やっと防御が病人を上回った。見習い冒険者の防御くらいにはなったので、これで初心者向けのモンスター相手なら即死は免れるだろう。

生きていればとりあえず回復魔法《ヒール》が効く。即死しないでくれたらもうそれでいい。まぁ回復魔法も痛いときあるから、使わずに済むほうがいいんだけど。

とはいえ他のステータスは一般人レベルのままだ。

ハヤシさんは非戦闘員なんだから、無理させないようにしないと。

「おりゃ！」

「だーっ、硬ぇなぁ！」

「アイスニードル！」

レオンの声が響いた。

レッドウルフに魔法が直撃して、吹っ飛ぶ。

横合いから突っ込んできたもう一匹のレッドウルフの口の中に、思いっきり剣を突き立てた。

ロックも盾を使って弾き飛ばしたレッドウルフを追いかけ、とどめを刺す。

「皆さん、大丈夫ですか？」

「ああ、回復はなくて大丈夫そう」

シャーリーに返事をしながら、頬《ほお》を拭《ぬぐ》う。

べとりとしたレッドウルフの体液がついていた。唾液《だえき》らしいけど、何でこんなにネトネトしてるんだろうか。嫌がらせとしか思えない。

拭っても拭っても、すっきりしない……と思っていたところに。

「あ、こちらどうぞ」

「え、ああ、ありがとう」

ハヤシさんが差し出してくれたおしぼりを手に取る。

え？　何故に、おしぼり？

しかも冷たくて、気持ちいい。

「保存袋に入れさせていただいていまして」

「あー、これいいな、さっぱりして」

ロックが受け取ったおしぼりを広げて、ごしごし顔を拭《ふ》く。ついでと言わんばかりに首を拭いている様子を、レオンとシャーリーが白い目で見ていた。

うん。その気持ちはちょっと分かるかも。

ロックが俺たちの視線に気づいて、顔を上げる。

「ん？　何だよ」

「いいえ、何というか……」

「おっさんくさい」

「だな」

「うるせぇ！　まだ二十代だっつの！」

文句を言うロックの言葉を聞いて、ふと気になった。

「そういや、ハヤシさんていくつなの？」

「私ですか？」

ハヤシさんが自分を指さしたので、頷《うなず》く。

俺とレオンは十八で同じ年だった。シャーリーは一つ下の十七歳、ロックは二十六か二十七だって言っていた。

だが、ハヤシさんの年齢を聞いていない、気がする。

少なくとも年上であることは間違いない。でも三十代にも見えるし、四十代にも見える。いくつだって言われても納得するような、意外なような。

そういう何ともつかみどころのない感じがすると思って気になっていたのだ。

ハヤシさんはぱちぱち目を瞬《またた》いた後で、何かを考えるように視線をわずかに上の方に向ける。

「ええと、確か三十……」

三十代なんだ、と思ったところで、ハヤシさんが一時停止した。

まるでその後の数字が出てこないかのようなタイミングだ。

ハヤシさんは数秒の沈黙ののち、困ったように笑いながら頭を掻《か》いた。

「……今年って、西暦何年でしたっけ?」

「せいれき?」

「あ、そうでした。……じゃあ、今年の干支って」

「エト?」

ハヤシさんが言っている「エト」やら何やらが何のことなのか分からずに、首を捻《ひね》る。

異世界語なのだろうか。王国暦何年、みたいな? そういうやつか?

俺が「?」を飛ばしているのを見て、ハヤシさんがへらりと愛想笑いを浮かべた。

「……たぶん皆さんよりも年上ですよ」

「諦めた!!」

諦めたのが俺でも分かった。

え？　そんなことある？？

自分の年齢忘れることとかある？？

誕生日のお祝い、はしなくても、いくつになったかなんて普通忘れるものじゃない気がするんだけど……

「いやぁ、この年になると一年が早いもので」

ハヤシさんはそう言って頰《ほお》を掻いていた。


レッドウルフを倒しながら、次の街を目指す。

だが予想よりもレッドウルフに攻撃が通らず、なかなか思うように進めない。街道を進んで林の中を進むうち、気づけば陽が落ちかけていた。

まずい。レッドウルフが近くにいるような場所で野営はできない。

かといって暗くなってから進み続けたとしても、レッドウルフは夜行性で夜目が利く。戦闘になったらこちらが不利になってしまう。

「どうする？　戻るか？」

「今から戻っても日暮れに間に合うか怪しいぞ」

「だが、このまま進んでも予定していた街に着く前に陽が落ちる。それなら戻るほうがまだ安全だ」

「とりあえず、光魔法でできるだけ周囲を照らして……」

「回復役のリソースをそっちに使うのも不安なんだけどなぁ」

「あ、あの」

皆で話し合いをしていると、ハヤシさんがおずおずと手を挙げた。

預けていた地図を広げながら、ハヤシさんがある一点を指さす。

「地図によると、街道を西に折れると小さな村があるようなのですが」

「あ、ほんとだ」

「しかし小さいな。農村か?」

「それだと、宿屋さんはないかもしれませんね」

「まぁこのまま林の中にいるよりは安全だろ」

「うーん……」

とりあえずその村を目指そうかという話の流れになったが、ロックだけはいまいち乗り気じゃないらしい。

顎《あご》の無精髭《ぶしょうひげ》を摩《さす》りながら、眉間《みけん》に皺《しわ》を寄せた。

「入れてもらえりゃいいんだけどなぁ」

何とか暗くなる前に、地図にあった村に辿《たど》り着いた。

確かに小さい。見渡せる範囲だけで終わってしまいそうだ。

一応村を囲うように木の柵が作られているが、これもちょっと心もとない。予想通り、宿屋はなさそうだ。

さすがに今回はハヤシさんの手配も間に合わなかった。最悪、村の広場かどこかで野営させてもらえればそれで御の字だろう。

……と思ったのだが。

「帰ってくれ」

「え」

「冒険者とは関わり合いになりたくない」

着いて早々、村のおじさんに追い出された。

ぽかんとしている俺に対して、ロックはやれやれと首の後ろに手を回して、ため息をついた。

「ほらな。小さい村だと結構あるんだよ、冒険者お断り」

「そ、そうなんですか？」

「基本的にアウトローが多いからなぁ、冒険者」

言われて、ギルドでよく見るベテランたちを思い浮かべる。

俺は冒険者に憧れてたクチだけど、他の仕事ができずにやむにやまれず冒険者、っていう人ももちろんいた。

安定した職業でもないし、冒険者としてのピークを過ぎた後の保証があるわけでもない。

僧侶や魔法使いはともかく、剣士とか格闘家なんかの前衛には割と、一歩間違えたらチンピラみたいな雰囲気の人も多かった、かも。

「乱暴っつうか、野蛮っつうか。僧侶以外だいたいそんなイメージだろ」

「ぐぅ……否定できない」

「そもそも、ギルドを拠点にしてるような冒険者はわざわざこんな小さな村まで来ねぇしな。田舎に流れ着くのは、第一線でやっていけなくなったゴロツキまがいの連中が多いんだ」

村のおじさんを見る。

睨《にら》むようにこちらを見ているその瞳に、悲しくなった。

いや、仕方ないんだけどさ。

きっと昔に来た冒険者が何かやらかして迷惑したんだと思うし、おじさんたちだって家族や生活を守るためにやってるんだろうし。

誰も悪くないよ。しいて言うなら前にこの村に来た冒険者が悪いよ。

師匠と旅をしている途中、歓迎されないこともまともな寝床にありつけないこともあった。でも入村拒否までされたのは初めてだ。

今になって思えば、一応は剣聖として名の知れた師匠のネームバリューのおかげだったんだろう。

今の俺たちには、何のネームバリューもない。だから仕方ない。頭では分かっている。

でもさぁ。

「俺たち勇者パーティーなのにこの仕打ち……」

「割に合わない仕事を引き受けた報酬がこれか」

「まー、モチベ下がるわなぁ」

ついつい零《こぼ》した不満に、レオンが同意のため息を漏らす。ロックも苦笑いしていた。

おろおろしているシャーリーの隣をすり抜けて……誰かが、村のおじさんに歩み寄る。

「お夕飯時に恐れ入ります。わたくし、営業のハヤシと申します」

ていうかハヤシさんだった。

ハヤシさんはいつもの愛想笑いを浮かべて、おじさんに例のメイシを差し出す。

おじさんが差し出されたメイシを見て、そしてハヤシさんの顔を見た。

「挨拶《あいさつ》はいいから」

「本日はお約束もなく突然お邪魔してしまい、大変申し訳ございません。実はわたくしども、勇者パーティーをやらせていただいておりまして……お時間は取らせませんので、せめてお話だけでも」

勇者パーティーって、やらせていただくものなんだ。

おじさんが怪訝《けげん》そうな顔をして眉根《まゆね》を寄せる。

「勇者?」

「はい、魔王討伐を目標としておりますが、そこまでの旅路で普通の冒険者の方々では請け負わないような依頼等もお受けしておりまして」

ハヤシさんがかばんからあの板――タブレット? を取り出した。

「こちらこの街に来るまでのご依頼事例でございます」

「――はぁ、状態異常系モンスターの退治もするのか」

「はい」

ハヤシさんがにこりと笑って、タブレットの上で指をするりと滑らせる。

「そしてこちらが弊パーティーをご利用いただいたお客様からのお声です。ご利用後のアンケートで『とても満足』『満足』とお答えいただいた方の割合は九十六パーセントと、高いお客様満足度を維持しております」

アンケート?

ハヤシさん、アンケート取ってんの?

そう思ってこっそりハヤシさんのタブレットを覗《のぞ》き込む。

――集落の近隣の洞窟《どうくつ》に住み着いたモンスターの退治を依頼。依頼通りの日数で十分な数

を討伐してもらえた。また利用したい。（四百代男性・エルフ）

ハヤシさんエルフの族長にもアンケート取ったの⁉

あの気位が高そうなおじさんに⁉　いつの間に⁉

そんでエルフの族長四百歳超えてたの⁉

一瞬、桁一個間違えてるのかと思った。いやエルフならそのくらい生きててもおかしくないけども。

見たことない〇〇代すぎる。

「……ふん。どうせ高い依頼料吹っ掛けようって腹だろ」

「いえいえ、滅相もございません。弊パーティーでは基本的にギルドを通してご依頼を承っておりますので、ギルド所定の標準額以上にはいただきません。たとえばこちらの一角ウサギ退治の事例ですと、一匹当たり二十ゴールドで受注しております」

「ほぉー……」

最初は聞く耳を持たずと言ったおじさんだったが、だんだんとハヤシさんの手元のタブレットに視線を向けて、ハヤシさんの言葉に耳を傾ける。

その後もおじさんの質問に、ハヤシさんが明朗に答えていった。

だが、おじさんはそれでも難しい顔をしていた。そこに、訳知り顔のロックが近づいていく。

「一応勇者パーティーだからな。実入りの悪い仕事だって請け負うぜ」

ロックをちらりと窺《うかが》ったおじさんが、何かを考えるように腕を組む。

そして俺たちを見て、言った。

「実入りの悪い依頼でもやるってんなら、レッドウルフでも倒してもらおうか」

「レッドウルフ、ですか」

「ああ」

おじさんがにやりと笑う。

その表情から、おじさんの意図が俺にも分かった。おじさんは俺たちを諦めさせようとして、難題を提案したつもりなのだ。

だが、俺はぽかんとしてしまう。

レッドウルフって、それは——。

「レッドウルフを……そうだな、十体倒したら、報酬代わりに村の集会所に泊めてやる」

「それはそれは」

ハヤシさんが微笑《ほほえ》みながら、俺に視線を向ける。

その視線の意図を読み取って、俺はギルドカードを起動しておじさんに突きつけた。

「ちょうどここに来るまでに、倒してきたぜ。十二体！」

おじさんが目を見開いてギルドカードの表示を見る。

そこにはきちんと、本日の討伐数が記載されているはずだ。もしおじさんが見たければドロップ品だってかばんにしまってある。

「今回は特別に、初回ご依頼特典として二十パーセント増量させていただきました」

ハヤシさんの言葉に、おじさんは堂々と胸を張る俺たちの顔を見回して、肩を落とした。

「……明日もう十体くらい狩ってってくれよ」

「泊めてくれたらな！」


村の集会所で荷解きをしたところで、ロックがハヤシさんの肩を叩《たた》いた。

「さすがだな、ハヤシさん！」

「いえいえ、ロックさんが事情を察してくださって助かりました」

「事情？」

ハヤシさんとロックの会話に、疑問を挟み込む。

ロックはにやりと笑うと、ハヤシさんを指さした。

「ハヤシさんは最初から、レッドウルフの討伐を宿を借りる条件にさせようとしてたってことった」

「え？」

「あまり冒険者の方が率先して受けられない依頼だと伺いましたので……あの林道はこの村

の方も利用されているでしょうから、困っていらっしゃるのではと」

「やり手だなぁ」

ロックに肘《ひじ》で「このこのぉ！」と小突かれて、ハヤシさんは「いえいえそんなそんな」と謙《けん》遜《そん》しながら頭を掻《か》いている。

なるほど、とやっと理解した。

村のおじさんは「今からレッドウルフを十体討伐しに行くのは難しいだろう」と思ってああ言ったんだろうけど、すでに達成しているわけだから俺たちとしては困らない。

しかもギルドで受注しているので、泊めてもらった上にギルドからの報酬ももらえてしまう。一石二鳥だ。

おじさんたちだってレッドウルフに迷惑しているのは本当なんだから、別に損はしない。

俺たちが王様の指示に従って真面目にレッドウルフを倒したからこそ泊めてもらえたということでもある。

面倒なクエストを受けるの、勇者パーティーだからって貧乏くじだよなぁ、とか思っていたけど。

こういう結果になるならやっぱり、誰かのためって回りまわって自分を助けるんだなぁ、とか……何かそんな気がして、ちょっと元気になった。

そこでさっき、ハヤシさんが見せていたタブレットのことを思い出す。

「そういや、さっきの俺にも見せてよ」

「え？」

「お客様の声、みたいなやつ」

俺の言葉に、ハヤシさんがかばんから取り出したタブレットを「はい、どうぞ」と差し出してくれる。


——一角ウサギが減って畑が荒らされなくなりました。助かりました。（三十代女性、ヒューマン）

——★★★★☆　リピ確定。（年齢・種族非公開、男性）

——すぐにやくそうをとってきてくれて、おかあさんがよくなりました。ありがとう。（五歳男性、ヒューマン）

そこに並んだ「お客様の声」を見て、思わず口元が緩む。

クエストを受けてクリアしても、依頼者の人から直接お礼を聞けることはあまりなかった。

だから自分たちのしたことがどれくらい役に立ったのか、自分たちの受けたクエストが誰の助けになったのか、実感する機会は少ない。

でも、こうやって目に見える形で集めてくれると、何だかこう、すうっと入ってくる感じがする。

「満足度、九十六パーセントだってさ。ほら」

「……ふん。別に、感謝されたくてやっているわけではない」

「でもよ。こうやって目で見て分かると何て言うか……」

「なんか、いいよな！」

「はい！　もっと頑張ろうって気持ちになりますね！」

シャーリーの言葉に頷《うなず》く。

うん。なんかいい。

うまく言えないけど、頑張ってるのって無駄じゃないんだなって思える。

タブレットに映る「お客様の声」を眺めてあれこれ言葉を交わす俺たちを、ハヤシさんはニコニコと目を細めて見つめていた。

◇◇◇

ふと目が覚めた。

集会所に雑魚寝とはいえ、布団も貸してもらえたし野営よりはずいぶん快適だ。

もうひと眠りしようかと寝返りを打ったところで、寝ぼけた視界を「何か」が掠《かす》めた。

何だろう、もう結構遅い時間だと思うんだけど、街の人が窓の外を通りかかった、とか？

眠い目をこすりながら、何度か瞬《まばた》きをして視界をクリアにする。

浮かび上がった「何か」が徐々に視認できるようになる。

ぼんやりと青白い光に照らし出された、生気のない男の顔が……。

「ぎゃあ————ッ!?」

思わず叫んだ。

「っ！　どうした!?」

近くに寝ていたロックが跳び起きて、武器を構える。

俺も慌てて枕元の剣を手繰《たぐ》り寄せた。

もう一度よく目を凝らして、男と対峙《たいじ》する。

ハヤシさんだった。

例のタブレットが光っているので、顔のあたりがぼんやり明るく照らされていただけだった。

ハヤシさんは困った顔で俺とロックを見比べて、おろおろと謝る。

「す、すみません。起こしてしまいましたか」

「いや、びっくり、しただけ」

「何だ、ハヤシさんかよ」

ばくばくと跳ねる心臓を落ち着けながら答えた。

ロックもやれやれとため息をついて武器を下ろした。

シャーリーも起きだしてきて目を擦《こす》っている。

「こんな時間に何やってんの、ハヤシさん」

「今日の分の日報をと思いまして」

ハヤシさんがやや居心地悪そうに頬《ほお》を掻《か》く。

その手にはタブレット用のペンが握られていた。

「王様だって毎日じゃなくていいって言ってたじゃん」

「はぁ。ですがどうにも落ち着かなくて」

「……ハヤシさんさ」

じろりとハヤシさんを睨《にら》む。

日報だけではない。今日見せてくれたアンケートの結果だって、ハヤシさんがどこかで情報を集めて、時間をかけてまとめた資料のはずだ。

でもハヤシさん、昼間は俺たちと一緒にクエストをこなして、街に着いたら宿の手配をしたり食事の手配をしたり、二次会三次会の店を押さえてくれて、そこにも一緒に来てくれたり。

夜寝る前くらいにしか、タブレットに向かっている時間はない、気がする。

もしかして、いつもこんな時間まで起きてる、とか？

「ちゃんと寝てる？」

「はい、もちろんです」

「でも今日は起きてたよね」

「たまたまですよ」

「そういやこの前オレが便所に起きたときもまだ起きてたな」

「わたしがお水を飲みに行ったときも……」

「そんで、朝はいつも俺たちより早く起きてるよな」

皆の視線がハヤシさんに集まる。

ハヤシさんは胸の前で両手を広げて、「いえいえ」と笑っていた。

前々から顔色がよくないような気もしていたし、目も落ちくぼんでいるというか、クマみたいなのがあるなとは思っていた。

まぁそういう顔つきの人もいるよねと深くは考えていなかった。

寝不足じゃん。

ガチのクマじゃん。

いえいえじゃない。

全然いえいえじゃないから。

俺はかぶっていた毛布を脱ぐと、ハヤシさんにひっかぶせた。

「寝て!!」

「わぶ」

毛布に包まれたハヤシさんが、目を白黒させながら俺たちの顔を見回す。

そしておずおずと口を開いた。

「あまり長時間寝ていられない体質でして」

「それは休む体力もないだけですよ」

「前職でも、起きなければいけない時間の十分前には自然と目が覚めて」

「それ絶対ちゃんと寝れてないやつだよ」

呆然《ぼうぜん》とした。

そりゃあハヤシさんは前線で戦うわけでも魔力を使うわけでもない。

でも体力15である。

普通に俺たちと一緒に歩いて移動して、それができているだけで正直奇跡の域だ。

だってほぼ病人なんだもん。具体的に言えば、昨日まで風邪で寝込んでいた一般人くらいの体力なのに。

「職業病でしょうか。片付いてからでないと、どうにも眠れなくて」

「……じゃあ、俺も手伝う」

「え？」

ハヤシさんがぱちくりと目を瞬《またた》いた。

ハヤシさんの手からタブレットとペンを強引に受け取って、そこに並んだ文字列を眺める。

タブレット自体が光っているから暗がりの中でも文字を読むのには困らないが……正直数分で眠たくなりそうだ。

でも、ハヤシさんだけに夜更かしさせるのは、やっぱ、嫌だし。

「一緒にやれば早く終わるだろ！」

「いやお前それは無理だろ」

「ハヤシさんの邪魔したらダメですよ」

「何だよみんなして！」

ロックとシャーリーに窘《たしな》められた。

どことなく可哀想《かわいそう》な人間を見る目を向けられている気がする。

何でだよ。可哀想なのはハヤシさんだろ。

「ハヤシさんが心配じゃないのかよ！」

「そりゃ心配だけどよ」

「……あの、ハヤシさん」

シャーリーがハヤシさんに声を掛けた。

「ハヤシさんがエイギョウとしての職務を全うしてくださるおかげで、わたしたちは今日も屋根のあるところで休めています。それにはとても感謝しています。わたしたちにはできないことですから」

「ああ、いえ、そんな」

「ですが、わたしたちは仲間です。たとえば、何か――ハヤシさんが早く休めるように、わたしたちにできることはありませんか？」

「そう、ですね」

ハヤシさんが顎《あご》に手を当てて、少し考えるような仕草をした。

そして、あっと思いついたように、俺の手のタブレットを指さす。

「キーボードが使えたら、もっと早く文字が打てるので……早く終わると思います」

「キーボード？」

「これです」

ハヤシさんがタブレットの蓋を指さした。

薄い革のようだが、よく見ると何か文字が書かれたでこぼこがある。

これがキーボード、か。

タブレットは魔法で動いていると言っていた。ということは、これも？

「レオン！」

「もう食べられない」

「食べなくていいから」

一人まだ寝ていたレオンを叩《たた》き起こす。

皆こんなにバタバタしてるのによく寝てられるな。もし夜に敵襲とかあったときに寝てたら置いてくぞ。

「これ、動くようにできるか？」

「……これは食べない」

「食べなくていいから」

レオンがふらふらと体を起こして、ほとんど開いていない目でタブレットとその蓋を見た。

枕元にあった杖《つえ》を渡してやると、かろうじてそれを摑《つか》んで、タブレットの蓋をコンコンと軽く叩く。タブレットの蓋がぼんやりと光った。

そして再びふらふらと横になると、毛布を鼻先までひっかぶった。

……これ、何か効果があった、のか？

「黒トカゲが焼けたら起こせ」

「どんな夢見てんの？　お前」

あっという間に寝息が聞こえてきた。

そもそもタブレットも城の魔術師が動くようにしたらしいが、そのときにこのキーボードも動くようにしなかったのだろうか。

まぁでも、言われなければ蓋にしか見えないか。

タブレットをハヤシさんに返すと、ハヤシさんはやや戸惑いながらも、蓋を開けた。

タブレットを斜めに立てかけるようにしてテーブルに置いて、手前に倒した蓋の部分に指を乗せる。

「！」

ハヤシさんがぱたぱたと忙《せわ》しなく指を動かす。

どれどれと思ってタブレットを覗《のぞ》き込むと、ハヤシさんの指のスピードと一緒に、すごい勢いで文字が浮かび上がってくる。

ハヤシさん、文字を書くのも結構速いと思っていたけど、これはもっと速い。

「ど、どう？　ハヤシさん」

「はい、これで早く終わりそうです」

ハヤシさんがにこりと笑って頷《うなず》いた。

よかった。普通に止めてもあんまりやめてくれそうにないから、それなら早く済ませて、ハヤシさんもすっきりした状態で早めに寝てくれるほうがいいよな。

「ありがとうございます、皆さん、レオンさん」

ハヤシさんがレオンにも声を掛ける。

レオンはもぞもぞと寝返りを打って、「マンドラゴラはまだ早い」と言っていた。

どんな夢だよ、だから。

翌朝、身支度を整えたところで、ハヤシさんがそっとレオンに近づいていった。

ちなみにハヤシさんはやっぱり、一番先に起きていた。

「レオンさん。昨日はありがとうございました」

「昨日?」

「ほら。お前がタブレットの……キーボード? だっけ? 使えるようにしてくれただろ」

レオンが怪訝《けげん》そうな顔で眉根《まゆね》を寄せた。

そしてハヤシさんが差し出したタブレットを手に取ると、「ああ」と小さく呟《つぶや》いた。

「これはもとから魔法で動くようになっていた」

「え?」

「おそらく昨日の僕は適当に魔力を込めただけだ」

思わずハヤシさんと顔を見合わせた。

まぁ確かに昨日のレオン、寝てるか起きてるかで言ったらほぼ寝てるみたいな感じだったかもしれない。

よく分からずに適当に魔力を流してみただけ、とか、全然ありそうな寝ぼけっぷりだった。

「じゃあ、今まで動かなかったのは……」

「ハヤシさんの魔力が5しかないからだ」

「5しかないからか……」

納得してしまった。

ていうかアミュレットを装備するまではもっと低かったんだから、そりゃあ動かなくて当たり前か。

今はレオンが流し込んだ魔力を蓄えて、それで動いている状態のようだ。

言われてみればいつもハヤシさんが持っているときよりも、魔力を帯びている気がする。

キーボードのなんか文字みたいのが描いてある部分が青白く光っていた。

「動かなくなったら僕かシャーリーに言えばいい。さすがにダンジョンの中では温存する必要があるが、宿屋にいるタイミングなら眠れば魔力も回復するからな」

「はい、ありがとうございます」

ハヤシさんがぺこりと頭を下げた。

黙ってハヤシさんの後頭部を眺めていたレオンが、口をもごもごさせてから、何を思ったのか杖《つえ》を手に取って、タブレットをこんこんと軽く叩《たた》く。

ぱっと魔力のエフェクトが光った。

それを見て頷《うなず》くと、レオンがハヤシさんにタブレットを突き返す。

「……この、レンズに映したものを絵として保存する機能も、使えるようにしておいたぞ」

「え?」

ようだ」

「師匠の古い魔導書で見たことがある。城の研究者がきちんと魔法で動くように調整していた

「そ、そうなんですか？」

ハヤシさんがおもむろにタブレットを俺に向けた。パシャ、という音がする。

ハヤシさんと一緒にタブレットを覗《のぞ》き込むと、そこには間抜け面をした俺の絵が映っていた。

「すげー、なにこれ！」

「投影魔法の一種だな。通信魔法の応用といってもいい」

「へー」

ハヤシさんからタブレットを借りて、あちこちに向けてボタンを押しまくる。

そのたびにいろいろな絵が画面に現れて、面白い。

通信魔法で相手の様子を映し出す仕組みを、絵として保存する形で応用しているとか、なんとか。レオンの講釈は俺にはよく分からなかった。

通信魔法だって人が使ってるのは見てるけど、仕組みとかよく分かってないし。俺使えないし。

「ありがとうございます、レオンさん。これで日報も資料も、より効率よく作成できそうです」

「この絵、使うの？」

「はい。プレゼン資料にも使えますし、クエストの成果記録としても使えそうです。ミャン

マーで施工管理も担当していたときには、工事台帳を作るときにもよく使っていまして。文字で書くより、証拠としての力と説得力があるので便利なんです」

「みゃんまー」

「ふ、フン」

レオンがつんとそっぽを向いたが、その口元がどこか自慢げににやけているのを、俺は見逃さなかった。

「勘違いするな。僕は冒険を効率よく進めたいだけだ。この程度、僕にとっては造作もないことだからな」

「素直じゃねぇなぁ」

「ですが、他の方が手を加えた道具に、こんなにすぐに適切な対応をしてくださるなんて。さすがです、レオンさん」

「ハヤシさんはきちんと食事を取って夜は早く寝たほうがいい」

そこだけ素直なのかよ。

ツンツンしてるのは口だけで、本当のところは結構面倒見がいいやつだとは思ってたけど。

「師匠から聞いたことがある。冒険にも出ず机にかじりついて、寝食を忘れて魔法理論に没頭していた知り合いが何人かいたそうだが……全員、ある日突然ぽっくり死んでいたそうだ」

「え」

「つい数日前まで元気だったのに、いきなり、だ」

それはお前の師匠がハーフエルフだから時間感覚ズレてるんじゃないか、と思ったが、言わないでおいた。

たとえ誇張でも、ハーフエルフ的「数日前」が「十年前」だったとしても、ハヤシさんが少しでも危機感を持ってくれるならそれでいい。

「あの。でもそれ、蘇生魔法で蘇生できなかったんですか？」

シャーリーが口を挟んできた。

俺が頑張って突っ込まないでいたのに、思わぬ伏兵だ。

それ聞いてハヤシさんが「蘇生できるなら大丈夫か！」ってなっちゃったらまずいだろ。

シャーリーに無言の圧を送ってみたが、当の本人はきょとんとしていた。全然届いてない。

俺の圧。

レオンはシャーリーの言葉に、首を振る。

「衰弱死のようなものだからな。精神も知らず知らずのうちに摩耗していて、肉体と魂のつながりが希薄になってしまう。その結果、蘇生しても魂が戻ってこない。行きつく先はゾンビかスケルトンだ」

「ヒッ」

シャーリーが息を呑《の》んだ。

そしてハヤシさんに向き直ると、勢い込んでメイスを構える。

「ね、寝ましょう、ハヤシさん！」

「いえ、私は」

「何ならわたしが催眠魔法でガツンと睡眠を」

「ハヤシさん状態異常効かないだろ」

「おーい、お前ら何遊んでんだ」

先に集会所の外に出て火を焚《た》いていたロックが、中に戻ってきた。

呆《あき》れた顔でお玉を手にしている。

「朝飯にするから手伝え。シャーリー以外」

「わ、わたしも手伝いますよ!!」


ロックに呼ばれて集会所の前の広場に出ると、焚き木の上に鍋がかけられていた。

「ハヤシさんが村の人と交渉してくれてな。レッドウルフの牙と交換で野菜を分けてもらったんだ」

鍋の中を覗《のぞ》き込むと、にんじん、じゃがいも、それに何かよく分からない葉野菜なんかが入っている。

いや、分かってる。あったかいものをモンスターに襲われる危険がないところで食べられるというだけで感謝すべきことだ。

でも、育ち盛りとしてはどうしても、ため息と一緒に文句が零《こぼ》れ落ちてしまう。

「野菜スープかぁ」

「文句言うな」

ロックにお玉の柄《え》で殴られた。

分かってるよ、分かってるけど。

肉食べたい。

叶《かな》うことなら毎食お腹いっぱい肉が食べたい。焼いた肉こそ至高。

でもスープめっちゃいい匂いする。

よだれを垂らしながらも唸《うな》る俺を見て、レオンがやれやれと首を振る。

「この後予定通りに進むとも限らないだろう。食料は節約すべきだ」

「そうだけどさぁ」

「干し肉は最悪レッドウルフに囲まれたときに囮《おとり》にも使えるからなぁ。できる限り取っておきたい」

「くそ～レッドウルフめ～」

恨めしげに保存袋を眺めてしまう。

俺が食えない肉をレッドウルフにくれてやるなんて。そんなことになったらあまりにもやりきれない。絶対に死守する。

携帯用の堅いパンをスープにひたしながら、齧《かじ》る。

うまい。

ロックが作る料理はいつも香辛料たっぷりでおいしい。

文句を言っていたくせについつい食が進んで、あっという間に食べ終えてしまった。

隣を見ると、ハヤシさんが皆の食事をいつものニコニコ愛想笑いで眺めていた。

「……ハヤシさん?」

「はい」

「ちゃんと食べた?　シャーリーに取られてない?」

「取りませんよ!」

シャーリーがぷんぷんと頬《ほお》を膨《ふく》らませた。

でも僧侶って基本、よく食べるし。

そういえばハヤシさんが食事しているところを、まともに見たことがない、ような気がしてきた。

シャーリーが料理——と言っていいのか分からない謎の物体を生み出したときも、気づいたら食べ終わっていた。

飲み屋でもジョッキを持っているところは見るものの、乾杯のあとゴクゴクいっている姿が記憶にない。

誰より後に食べ始めて、いつも誰よりも先に食べ終わっている気がする。

「仕事の合間に食べるのが癖になっていて、つい」

「それ絶対よくないって」

ハヤシさんがへらりと困ったように笑った。

ハヤシさん、どんだけ仕事人間だったんだ。

食べるのも眠るのも、健康に生きるために必要なことなのに。

冒険者をやっていると分かる。緊張感をもって、集中してクエストに挑むためにも、そのあたりはおろそかにしちゃいけないことだ。

休むときは休む。食べるときは食べる。そのメリハリをつけないと、どんどん息の抜きどころが分からなくなって、いつかぷつんと切れてしまう。

仕事のために早起きするみたいなこと言ってたし、食事も仕事のついでみたいな言い方だった。ちょっと生きるのをおろそかにしすぎではないだろうか。

死んじゃうよ、ハヤシさん。

少なくともよく噛《か》んだほうがいいよ。俺が言えたことじゃないけど。

「ハヤシさん、アレクさん。早食いは消化に悪いですよ」

「うっ」

「すみません」

俺までまとめてシャーリーに怒られた。

肉が入っていなかったのもあって、満腹感が乏しい。

手持ち無沙汰《ぶさた》になりながら皆の食事を眺めていると、ふとハヤシさんが金色の袋を俺の前に突き出した。

「あの。つまらないものですが、よろしければ」

ハヤシさんがニコリと微笑《ほほえ》む。

手元を見ると、ハヤシさんのかばんに入っていた黄色い箱が開いていた。

箱の中身、こんなきらきらの袋が入っていたのか。

……じゃなくて。

「いや、でもそれ、ハヤシさんの元の世界の」

「ずっと持っていても、賞味期限が過ぎてしまいますから」

「だけど、」

「二箱ありますし」

ハヤシさんがピリピリと手元の袋を破る。

何だか不思議な素材の袋だ。金属みたいにきらきらしているのに、やけに簡単に破れていく。

正直異世界の食べ物に興味津々だった俺は、ハヤシさんが差し出してくれたそれをまじまじと眺める。

クッキーとか、ショートブレッドに似た見た目だ。袋の中に二つ入っている。

恐る恐る手に取った。

ハヤシさんが残りの一個をシャーリーに差し出す。

そしてもう一つの袋を開けて、そっちはロックとレオンにそれぞれ手渡した。

手に持ったそれの匂いを嗅《か》いでみると、ほのかに甘い匂いがする。

見た目も、匂いも、普通だ。

ハヤシさんも食べてたっていうくらいだし、まさか毒ってことはないだろうけど……魔剤とか言ってたしなぁ……

「……大丈夫だよね？　これ。食べたらハイになったりしないよね？」

「これは大丈夫です」

「『は』って言った……」

一応聞いてみたら、逆に不安が募った。

やっぱり魔剤はダメなやつなんじゃないか。

「五大栄養素がバランスよく取れるそうですよ」

「五大元素が……？」

レオンがごくりと息を呑《の》んだ。

元素とは言ってない。

往生際悪く、手に持ったそれをぼきりと二つに割ってみる。

割った感じ、硬さとかもショートブレッドと変わらない、と思う。

「一本で百キロカロリーあるそうで」

「百キロ……？」

「体力が百回復するってことか？」

こんな小さいクッキーで？　と思うが、それを言い出したらポーションだって、効果の高いものは一本で体力二百とか三百とか回復するものもある。

でも体力って単位、「キロ」ではなくないか？

しばらく迷ったものの、覚悟を決めて、一口齧《かじ》ってみる。

「……う、」

「お、おい、」

「うまい！」

「え？」

「甘い！」

まだ口をつけていなかった他のメンバーが、きょとんとした顔で俺を見ていた。

いや、だってほんと、普通においしくて甘かったから。

味も別に、変なところはない。

ちょっとぱさぱさするけど。

……いやだいぶモサモサはするけど。

口の中の水分を持っていかれるけど。

ロックが淹《い》れてくれたハーブティーと一緒に流し込むと、何だか優雅な気持ちになる。

朝から甘いものとあったかい飲み物なんて、王様みたいな食生活じゃないか。

異世界、ヤバいところかと思っていたけど、普通においしいものもあるんだな。ちょっと見直した。

「……！　本当ですね、おいしいです」

「うお、結構甘いな」

「………やたらと、喉には詰まるが。味は悪くない」

思い思いの感想を言い合う皆を見ていて、ふとハヤシさんに目を向けた。

ニコニコしているハヤシさんの手には、何もない。

そして自分の片手に持ったままになっている、クッキーの残り半分を見た。

それを、ハヤシさんに差し出す。

「ほら、ハヤシさんも」

「いえ、私は」

「いいじゃん。元はハヤシさんのだし。同じ釜の飯……じゃなくて。同じ箱の、……クッキー?」

「カ●リーメイトです」

「そうそれ。俺たち同じ箱のカ●リーのメイトじゃん」

「カロリー」の意味はちょっと分からなかったが、メイトは普通にチームメイトとかの「メイト」だろうと思って言ってみると、ハヤシさんの笑顔にやや困惑の色が強くなった気がする。

笑顔のやさしさが逆につらい。

スべったならちゃんと冷たい目で見てくれたほうがいいくらいなのに。レオンみたいに。

……いや、アイツなんて顔してるんだ。そんな顔しなくたっていいだろ。

俺が諦めずに手を突き出すと、ハヤシさんはおずおずしながらもそれを受け取った。

そして、ぱくりと一口齧《かじ》る。

よかった。ハヤシさんちゃんともの食べてる。

あんまりにも食べるところも眠るところも見ないので、ちょっと食事も睡眠も必要としないのかと怪しみ始めたところだった。

いるよな。やっぱ。人間だもんな。生き物だもんな。

ハヤシさんはもぐもぐとそれを咀嚼《そしゃく》した。

ハヤシさんの目が、わずかに見開かれる。

もしかして喉に詰まったのかと慌ててお茶を差し出したが、ハヤシさんは口元を押さえながら、小さな声で「大丈夫です」と呟《つぶや》いた。

そういえば……あんまりこれ、好きじゃないみたいなこと言ってたっけ？

やばい、今思い出した。ごめんハヤシさん。

ちょっと焦り始めた俺をよそに、ハヤシさんは口の中のものをごくんと飲み込んでから、ぽつりと言う。

「甘い、ですね」

「え？」

「それに、……お茶が欲しくなります」

ハヤシさんがあんまり真面目な顔をして言うから、つい噴き出してしまった。

「いや、ハヤシさんのじゃん、それ」

「そう、なんですが」

俺の差し出したお茶のコップを受け取って、ハヤシさんはお茶を一口飲んだ。

「こんな味だったのか、と」

ハヤシさんが手元のクッキー……じゃなかった、カ●リーメイト？　に視線を落とす。

「思ったよりもおいしかったです」

「何だよそれ」

まるで初めて食べたみたいなハヤシさんの言葉に、また笑ってしまう。

ハヤシさんはもう一口で残りのカ●リーメイトを食べ終えると、お茶を飲んで両手を合わせた。

まるでお祈りをするみたいなポーズだった。

そこからの旅路は、それなりに順調に進んだ。

しっかり朝食を食べて早めに村を出たので、単純に移動時間を多めに確保できたというのが大きい。

あとはレッドウルフに干し肉をくれてなるものかという私怨《しえん》があって、討伐が捗《はかど》ったのもある。

だんだんとレッドウルフ相手の戦い方に慣れてきたのもスピードアップを後押しした。

その甲斐あって、なんとか日暮れまでに次の街に辿《たど》り着くことができた。

本当は昨日のうちに着くはずの距離だったから、まあ倍の時間がかかったといえばそれはそうなんだけど。

レッドウルフのいる森の中で夜を明かさずに済んだだけでも十分だ。討伐数も結構稼げたし。

さすがに疲れたので、今日はハシゴ酒はやめて、一軒目で終わりにしようと思っていた。

だが疲れでかえってテンションが高くなってしまって、気づいたら二軒目でロックとしこたま酒を飲んでいた。

二人で不思議な踊りの真似ごとをしながら大声で「戦いの歌」を歌ったところまでは覚えているが、それ以降の記憶はない。

翌朝、二日酔いの頭痛と吐き気で後悔することになったが、——後悔っていうのは、後からするから後悔なんだよな。

◇◇◇

何やら謎の踊りをしながら大声で「戦いの歌」を斉唱し始めたアレクとロックに、店員と他の客の視線が刺さる。

普段ならば酒場で酔っ払いが少し騒いだくらいでは咎《とが》められないが、今日はまだ時間が早い。他の客はほとんど素面《しらふ》だ。

店の迷惑になることを心配したハヤシが、二人を誘導して早々に店を出ることになった。

なおも機嫌よく歌い続ける二人を見て、レオンがため息をつく。

「まったく。またシャーリーに小言を言われても知らないぞ」

「翌日にお酒が残らないといいんですが」

ハヤシも苦笑いしている。

二人を宿屋の方向に向かって誘導しながら、ふとハヤシが足を止めた。

「そういえば、実は今日も次のお店の手配をしてありまして。このままですとキャンセルしなくてはいけないので……よろしければ、レオンさんだけでも」

「いや、僕も今日はもう休む」

「そうですか」

レオンの言葉に、ハヤシが頷《うなず》いた。

そしていつもの愛想笑いを浮かべて、ぽつりと呟《つぶや》く。

「残念です。レオンさんにも気に入っていただけそうなお店だったのですが」

「僕が？」

「客側が子どもに扮《ふん》して年上の女性にやさしく甘やかしていただくようなコンセプトの」

「…………」

レオンが黙った。

肩を組んで先を歩いているアレクとロックの姿を確認すると、やや声を潜めてハヤシに言う。

「仕方がない。僕が直接行ってキャンセルの件を伝えてこよう」

「え？　ですが」

「いくらキャンセルすると言っても礼は尽くさなければ」

「そうですか、助かります」

ハヤシが「委細承知」といった表情で頷いた。

おもむろにタブレットを取り出すと、そこに簡単な地図を描いて店の場所を説明する。

熱心に聞き入っていたレオンが、顔を上げた。店の方向を確認して歩き出そうとして……

そして、足を止めた。

くるりと踵《きびす》を返して、ハヤシのもとへと戻ってくる。

いやに真剣な顔をしていた。

「……ハヤシさん」

「はい？」

「いいか。僕はキャンセルをしに行くだけで、決して年上の女性にやさしく甘やかされたいという願望があるわけではない。そこを勘違いするな」

「はい」

「特にアレクには絶対に言うな」

「はい」

ハヤシはにっこり笑って頷く。

その反応に満足したのか、レオンはどこか足取りも軽く夜の街へと出かけていった。

ハヤシは、レオンの背中を笑顔で見送った。

取引先の方と行ったマカオで少々

次の街へと向かう途中。俺が先頭に立って、岩山の陰を進む。

険しい道のりだ。慣れない山道は歩いているだけで体力が奪われるのに、デザートイーグルや甲冑《かっちゅう》グマなんかの手ごわいモンスターがうろうろしている。

この前のレッドウルフ狩りでレベルも上がったし、連携もよくなった。

おかげで苦戦するというほどではないが……まぁ、疲れはするよな。普通に。

後ろを振り向くが、シャーリーとハヤシさんは遅れ気味になっている。

太陽の高さを確認した。昼飯には早いけど、少し休むか。

「そろそろ休憩しよう」

「そうだな」

「えっ」

立ち止まると、追いついてきたロックも後ろを振り返って、頷《うなず》いた。

そんな俺たちの様子に、ぜぇはぁ言いながら山道を登ってきたシャーリーが、声を上げる。

「ま、まだ、お昼には早い、ですよ？」

「いやでも、疲れただろ？」

「だ、大丈夫です！」

シャーリーがぶんぶんと首を横に振る
「だけど、ハヤシさんもシャーリーも遅れがちだし」

「ちょっと歩きにくいだけですよ！　ね！　ハヤシさん！」

「ええ、私は特には」

「ほら！」

シャーリーが胸を張った。

それを横目に、ハヤシさんが内ポケットから取り出したハンカチで額の汗を拭《ぬぐ》う。

いや汗かいてるじゃん。

シャーリーだって肩で息してたじゃん。

山道って砂利が多いと滑るし、かといって岩場は足の裏が痛いし、普通に歩くときみたいに自分にちょうどいい歩幅では歩けない。

平野を歩くのとはわけが違う。疲れて当たり前だ。

「無理しなくても」

「無理なんかしてません！　全然！　大丈夫です!!」

ふんふんと鼻息を荒くするシャーリー。えらく張り切っている……というより、意地になっているような気がする。

これは何を言っても聞きそうにない。

俺とロックは顔を見合わせて苦笑いした。

さて、どうやって説得しようかと思ってシャーリーに視線を戻したところで、ぱちりとハヤシさんと目が合った。

ハヤシさんは何度か瞬《まばた》きをすると、いつもの愛想笑いを浮かべて、頭を掻《か》く。

「……すみません。本音を言うと少し疲れてきて。休憩にしていただけるなら私は助かります」

「えっ？」

「おっ、そうかそうか。じゃあ休憩にしよう。いいよな、シャーリー」

「え、……ええ、ハヤシさんが疲れているなら、仕方ないですもんね」

シャーリーはやや不満げではあったが、最終的には頷《うなず》いた。

納得はしていなさそうだけど、どこかほっとした様子も見て取れる。やっぱり相当疲れてたんだろう。

ナイスアシストだ、ハヤシさん。

そう思ってハヤシさんに目くばせするが、ハヤシさんは分かっているのかいないのか、曖昧《あいまい》な表情で微笑《ほほえ》んでいる。

いや、これはさすがに、偶然ってことはないだろう。

シャーリーが意地を張っているのに気づいて、休もうって言い出してくれたんだと思うけど。

でもハヤシさんののほほんとした顔を見ていると、だんだんどっちか分からなくなってくる。どっちだ。どっちなんだ、ハヤシさん。

念のためにレオンが探知魔法を使って周囲の安全を確認した後で、火を焚《た》いてお茶を沸かす。

お茶のカップが行きわたったところで、ロックが口を開いた。

「いやぁ、ハヤシさんが休もうって言ってくれて、助かったぜ」

「え？」

「ど、どうしてですか？　ロックさんも、アレクさんも、レオンさんも。皆まだ、疲れていませんでしたよね？」

ロックの言葉に、ハヤシさんとシャーリーがきょとんとした顔になる。

ついぽろりと零《こぼ》れたといった様子で疑問を口にしたシャーリーは、慌てて「わたしもぜんぜん疲れてませんけど」と付け加えた。

まだ意地張ってるのかよ。疲れてただろ、どう見ても。

「シャーリー。男ってのはな……いや、冒険者ってのはな、馬鹿なんだ」

「……え？」

「学があったら他の仕事してるからな」

それはそうだ。

僧侶と魔法使いは別だが、基本的に学校に通うような人間は冒険者にならない。

「たとえばレベルが同じくらいの冒険者ばっかりのパーティーがいたとする。お互い仲間だが同業者だ。意識してるかしてないかは別にして、多かれ少なかれ対抗心が生まれる。そうするとどうなると思う?」

「え、えっと……切磋琢磨《せっさたくま》する……?」

「正解は『誰も休憩しようと言い出さない』だ」

「え、え～?????」

シャーリーが怪訝《けげん》そうに眉根《まゆね》を寄せた。

俺は思い当たる節があるので、黙って頷《うなず》いておいた。レオンも同じなのだろう、神妙な顔をしている。

「ありますか? そんなこと??」

「あるんだなぁ、これが」

ロックが苦笑いする。

シャーリーはしきりに首を捻《ひね》っているが、自分がその領域に片足突っ込んでいたことには気づいていないらしい。

まぁ俺も当事者だったときにはそんなこと、思ってなかったけどさ。

「一人がだんだん疲れてきたなぁと思ったとする。だけど周りを見ると他のメンバーは平気そうな顔をしている。ここで『疲れたから休もう』なんて言ったら馬鹿にされるんじゃないか。

下に見られるんじゃないか。それは嫌だから他の誰かが言い出すまで我慢しよう、と、こう考えるわけだ」

シャーリーがわずかに視線を彷徨《さまよ》わせた。

どうやら心当たりがあったようだ。

「で、別の一人はこう考える。疲れがたまってきて、そろそろ休憩したい。でも見るからに疲れているあいつもやせ我慢をしているのか、休憩しようと言い出さない。さっき『疲れたんじゃないか？』と茶化したから余計意固地になってしまったようだ。ここで『休もう』なんて言ったら『お前が疲れてるんじゃないか』と揶揄《からか》われるぞ。仕方ないからもう少し頑張ろう、と」

シャーリーがちらりとレオンと俺に視線を向ける。

何か言いたげだった。

お前たちならやりかねない、みたいな顔をしている気がする。

時々意地は張るけど、さすがに俺もレオンもそこまでガキじゃない。

ていうかそういうのはだいたい、師匠といるときに経験して痛い目を見ている。

「それでまた別の一人も考える。何か他のメンバーは意地になってるみたいだし、俺も『休みたい』って言いづらいなぁ。これで足手まといだと思われたらクエストの成功報酬も値切られるかもしれない。まぁそのうち誰かが言い出すだろう。あーあ、早く誰か音《ね》を上げないもんかね。でも俺がその最初の一人にはなりたくないな、と」

ぱちぱちと、薪《まき》が爆《は》ぜる音がする。

ロックが拾ってきた枯れ枝を何本か、火の中に放り込んだ。

「こうやって、知らず知らずのうちに我慢大会が始まるわけよ」

「そ、それは……何というか……」

シャーリーが何と言っていいものかと口ごもる。

素直に言っていいんだぞ。シャーリー。

馬鹿じゃないのか、と。

まぁ自分も似たようなことを考えていたと気づいたようだし、なかなかはっきりとは言いにくいんだろうけど。

「サウナみたいなものでしょうか」

ハヤシさんがぽつりと相槌《あいづち》を打った。

「サウナ」が何か分からないけど、異世界でもやっぱり似たようなことがあるらしい。

人間ってのは皆大なり小なりそうなんだろう。冒険者でも、そうじゃなくても。

「それで全員へとへとになるまで歩いて、何もなきゃあそれでもいいが。モンスターでも現れたら、あっという間に全滅だ」

「えええ?」

「モンスターにやられたらまだカッコがつくけど、その後道に迷った挙句、誰も『迷った』って言い出せずにダンジョンの奥深くでそのまま……ってパターンもあるらしいよ」

「そんな、さすがにそんなこと」

「ギルドで配られる初級冒険者向けの教本にゃ毎年載ってる実話だ」

ロックの言葉に頷《うなず》いた。初めてクエストに行く前の教習でも耳にタコができるくらいに言い聞かされる。

それでも毎年のように、似たような理由で危ない目に遭う初心者パーティーは尽きないそうだ。

ロックが手を胸の前でぶらぶらさせて舌を出し、ゴーストを身振り手振りで表現する。

「恥ずかしいぞ……ダンジョンの奥深く、しかも妙なところに迷い込んで死んでたもんだから、数年間見つからなくて。たまたまパーツが揃《そろ》ってたから運よく蘇生できたんだが……『何で死んだんだ』って聞かれて、まさか『全員やせ我慢して全滅しました』だなんて。情けねぇったらないぜ」

「しかもこうして後世にまで語り継がれちゃうんだもんなぁ」

「俺が冒険者になったときはまだ教本に冒険者の実名載ってたぜ」

「それは死ねる」

俺の言葉に、シャーリーが身震いした。

語り草にはなりたくないよな。分かる。

「だから、非戦闘職とか、僧侶とか。そういうやつから『休みたい』って言ってもらえたほうが助かるわけ」

「そのほうが余力を残して休憩できるしな」

「疲れ果ててから休むのでは遅い」

「で、でも！　わたし、女だからか弱い、みたいに思われたくなくて、」

「別に女だからとか関係ないし」

俺はステータスを開いて、シャーリーに突きつける。

「体力見てみろよ。俺とかロックはシャーリーの倍以上あるんだから、シャーリーが先に疲れるのは当たり前だろ」

「それは、そうですけど……レオンさんだってそんなに体力ないのに」

「僕は魔力量が多いからな。肉体強化の魔法を使ったり、必要に応じてわずかに地面から浮いて移動して体力を温存している」

「お前浮いてんの……？」

思わずレオンを振り向いた。

そんなことするくらいなら早めに休憩して、別のことに魔力を使ったほうがいいんじゃないか。

「でも、ハヤシさんなんて15ですよ!?　わたしの半分以下なのに、ちょっと汗をかいてたくらいでしたよね!?」

「それは俺も不思議なんだけど」

ハヤシさんのほうを見る。

ハヤシさんは俺たちの視線を受けて、やや戸惑った様子で微笑《ほほえ》んでいた。

「……ええと」

「うーん。でもやっぱり装備品にも特殊効果とか、ないみたいなんだけど」

ハヤシさんのステータスを眺める。

特殊なことといえば、このクリアでも治らない麻痺《まひ》くらい……。

「……ハヤシさん?」

「はい」

「もしかして、だけど」

「はい」

「麻痺して疲労も感じにくくなってたり、する?」

ハヤシさんは、いつものニコニコ愛想笑いを浮かべている。

どうしよう。

これ正解のやつだ。

「いやぁ、この年になると、疲れていない状態というのがそもそもよく分からなくて」

「……アレクさん」

シャーリーが俺を見た。

手に持ったお茶のカップをぎゅっと握りしめている。

「わたし、こまめに休憩したいです。たぶんわたしが疲れたときにはハヤシさんは限界を超えています」

「よく言った、シャーリー」

◇　◇　◇

次の街に着いた。

さほど大きくはないが、ギルドの出張所がある程度には賑《にぎ》わっている。

今回は入村拒否されることもなかった。普通のことのように思えるが、これが得難い平穏なのだということを噛《か》み締める。

皆と別れて、一人でギルドの出張所に足を運び、請け負ったクエストの完了報告を行う。

「たくさん倒しましたね」

「なんてったって俺たち、勇者パーティーですから」

受付のお姉さんが、報酬額や明細を書き込んだギルドカードを返してくれる。

どうだと胸を張った俺を見て、お姉さんがぱちぱちと目を瞬《またた》く。

あ、あれ？　なんか、スベった？

「ほ、ほら！　他の冒険者が嫌がるような依頼でも？　俺たちにお任せ？　みたいな？？」

取り返そうとしてぺらぺら必要以上に喋《しゃべ》っているうちに、どんどん空回りしている気がしてきた。

受付のお姉さんの表情がどんどん怪訝《けげん》そうなものになっていく。

ああもう、何で俺って話術ないんだ。

そして何で今ここにいてくれないんだ、ハヤシさん。今猛烈にハヤシさんの愛想笑いが恋しい。

思い出した。俺が「ギルドは俺行ってくるから宿とか王様との報告とか頼むわ～」って言ったからだわ。

じゃあ俺が悪いわ。ごめんハヤシさん。

「あ、あの……どうか、しました？」

「ああ、いえ、すみません」

お姉さんの沈黙に耐えられなくなって問いかけると、お姉さんはぱっと顔を上げて、両手を開いて軽く振る。

そんなに悩みこまれるほど酷い会話をしたのだろうか。その場合どうかしてるのは俺だと思うけれども。

「最近多いんですね？　勇者パーティー」

「え？」

「え？」

思わず聞き返した。

お姉さんはきょとんと目を見開いて、首を傾《かし》げる。

「お、多いんですか？　勇者？」

「だって、先日もいらっしゃいましたよ？　勇者パーティーだっていう方」

大急ぎで皆と合流して、出張所での話を伝える。皆渋い顔をしていた。

「こちらでも勇者の話を聞いた」

「何でも街の商店に『俺たちは勇者パーティーなんだからオマケしろ！』っつって値切ったらしいぜ」

「飲食店でも『世界を救う勇者パーティーだぞ、サービスしろ！』って話したらしいです」

「宿屋でも『勇者様にこんな部屋あてがうのかぁ？』と一番いい部屋を案内させたそうです」

「最悪すぎる!!」

思わずその場に膝《ひざ》をつき、地面を叩《たた》いた。

なんてこった。

神託の勇者は俺一人のはず。つまりその勇者を名乗る某《なにがし》かは、まぎれもない偽者だ。

だがそんなもの、街の人には分かるまい。ギルドカードを確認しない限り、俺だって見た目だけなら普通の剣士と区別がつかないだろう。

つまり基本、言ったもん勝ちなのである。

「ただでさえでも入村拒否されてるのに！　これ以上評判悪くするようなことされたら今後一生野宿だぞ！」

「よく宿屋取れたな、今日」

「予約のとき、特に勇者だとは名乗っていませんので」

「ハヤシさんが有能」

というかよく考えれば当たり前だ。

いちいち宿や飲食店の予約のときに「勇者アレクご一行」とか名乗る必要はないだろう。「ご予約のハヤシ様」で十分だ。

むしろ万が一にも魔王の手下が俺たちを狙《ねら》ってこないとも限らないのに、そんなに勇者丸出しで予約しても百害あって一利なしだ。

「つーか、勇者名乗って何になるんだよ」

「俺たち別に優遇されたことないよなぁ」

「追い出されかけたことは何度もあるが」

「……話していたら何だか悲しくなってきましたね」

皆でため息をついた。

頑張っている本物の俺たちはどちらかといえば冷遇されているのに、偽者がお得に買い物したり、おいしいフライドポテト食べたり、宿屋のスイートルームに泊まったりしてるんだと思うとやるせない。

「……部屋と夕食、アップグレードしましょうか?」

ハヤシさんのやさしさに、俺は涙をこらえて頷《うなず》いた。

その街で偽勇者一行を捜したものの、すでに宿を出ていて見つけられなかった。

絶対に見つけてとっちめてやらないと気が済まない。

俺たちだって受けられてない恩恵を何で偽者が受けてるんだよ。おかしいだろ。

ハヤシさんがアップグレードしてくれた部屋のベッドはふかふかだったし夕飯は肉と魚両方出てきて最高だったのでそれはよかったんだけど。

◇◇◇

食料やポーション類の補充を済ませて、体調を万全に整えたところで、次の街を目指す。

道中で出くわしそうなモンスター討伐のクエストと、いくつかのアイテム採集のクエストを受けておくのも忘れない。

出張所のお姉さんに聞いたところ、例の偽勇者はクエストを一つも受けずに街を出て行ったそうだ。

何でも「わざわざ勇者様が受けるような依頼じゃないな」「もっとでっかい依頼じゃねえと」とか言っていたらしい。

何がでっかい依頼だ。俺が握りしめている三つ目カラス退治の依頼書を見ても同じことを言えるのか。

まぁ実際はギルドカードを見られたら偽者だってバレるから、依頼受けられなかっただけだと思うけど。

三つ目カラスやら一角ウサギやらを倒しながら、次の街に辿《たど》り着いた。

門番に通行証を見せて、中に入る。

出張所じゃなくてきちんとギルドの支部がある、交易拠点の大きな街だ。

デカいカジノとかもあるらしいし、今回もハヤシさんが手配してくれるムフフなお店に期待ができそうだ。

ギルドでクエストの報告とアイテムの納品を行う。

すると、俺のギルドカードを見た受付のおじさんが「あれ」と声を上げた。

「あんたも勇者なのか？」

「……『も』？」

俺は咄嗟《とっさ》に、後ろにいる皆を振り返った。

「見つけたぞ、偽勇者!!」

ギルドのおじさんに聞いた食堂に飛び込むと、中にいたお客さんが皆何だ何だとこちらを振り向いた。

例の偽勇者がつい昨日この街に現れて、ギルドでまた「勇者様に相応《ふさわ》しい依頼はないもんかね～」とか言いながらクエストを物色するだけして去って行ったというのだ。

今ならあの食堂にいるんじゃないか、と聞いて飛び込んでみれば、案の定。

聞いた通りのメンバー構成のパーティーがふんぞり返って椅子に座って、店員さんに「割引しろ」と騒いでいるところに出くわした。

ずんずん近づく俺を見上げるのは、五人組だ。

剣士に武闘家、盗賊と僧侶、そして、職業不明の男が一人。

まぁメンバー構成は俺たちと似てはいる。

戦士と武闘家は武器の有無ぐらいで体格は似たようなもんだし、盗賊も魔法使いも黒いローブだし。

偽勇者パーティーの僧侶は男だった。代わりに盗賊が女だ。男女構成も似ている。

そして、謎の男。

俺たちも腐っても勇者一行だ。顔や名前まで知られていなくても、何となくのパーティー構成くらいは噂《うわさ》になっていてもおかしくない。

特にハヤシさんは変わり種だ。勇者一行には謎の男がいる、という話が広まっている可能性は十分にある。

こいつらもあちこちで名を騙《かた》るくらいだ。そのあたりもあえて本物の勇者パーティーに合わせているのだろう。

……でも本当に、何の職業だ、あいつ。

「偽者とはご挨拶《あいさつ》だな」

「偽者は偽者だろ！　本物の勇者は俺たちだ！」

「何を根拠に」

「ギルドカード見せればはっきりするだろ！」

俺の言葉に、偽勇者たちが顔を見合わせる。

そしてこそこそと囁《ささや》き合っているのが聞こえてきた。

「おい、もしかしてマジで本物なんじゃ」

「いや、あいつらもどうせ偽者だろ」

「でもギルドカードって」

「はったりだよ、はったり」

謎の男が大きな音を立てて、酒の入ったジョッキを机に置いた。

他のメンバーは見ただけで職業が分かったが、やっぱり一人だけ職業どころか武器も分からない。あと何というか、ものすごく酔っぱらってる。

体つきは中肉中背、年齢は三十代後半くらいだろうか。あまり鍛えているようには見えないし、非戦闘職……か？

ハヤシさんは数十年ぶりの異世界人だ。

この謎の男はハヤシさんとは装備品も違うし——前にハヤシさんに聞いたところ、エイギョウは皆同じ形の布の服を装備するらしい——エイギョウの人間ではないはず。

観察していると、謎の男が立ち上がって俺のほうへと歩み寄ってきた。

「おいおい兄ちゃんたち。そっちこそ偽者だろうが。勇者パーティーの構成も知らねぇのか」

「何だと？」

「いいか」

謎の男がふふんと鼻を鳴らして、威張るように胸を張った。

「オレたち勇者パーティーのメンバーはな。勇者、武闘家、盗賊、僧侶、……そして遊び人だ！」

「遊び人!?」

遊び人!?!?

ハヤシさんのポジションの謎の男の職業が、あ、遊び人!?!?

どういうことだ？　遊び人？

むしろハヤシさんとは対極の存在じゃないか？

今度は俺が仲間たちの顔を見渡す番だった。混乱を一人では抱《かか》えきれずに、皆にこそこそと耳打ちする。

「え、遊び人て、あの遊び人？　転職の神殿で一番下に出てくるアレ？」

「選ぶ奴が実在するのか、アレを」

「神官が悪ふざけでメニューに書いてるんだと思ってた」

「オレも実物見るのは初めてだが……」

ちらりとロックが遊び人の男に視線を送る。

男は呑気《のんき》な顔でぐびぐびとジョッキを傾けていた。

ロックはこちらに向き直ると、首を横に振る。

「とりあえずハヤシさんの代わりがアレはないだろ」

「だよな」

皆でうんうんと頷《うなず》いた。

遊び人がどんな職業なのか詳しくは知らないが、一般的な「遊び人」の延長線上にあるならやっぱりハヤシさんとは真逆というか、なんというか。

ある意味多少参考にしてくれてもいいかもしれない。ハヤシさんはもうちょっと遊んだほうがいいよ。

爪楊枝《つまようじ》まで使い始めた遊び人に、シャーリーが身震いしながらハヤシさんに言う。

「ハヤシさん、怒っていいんですよ！」

「いえ、私は」

「そうだよ、ハヤシさん！　ハヤシさん絶対遊び人なんかより断然パーティーに貢献してくれてるし！」

「ですが、『遊び人』というのはこの世界のきちんとした職業のようですし」

「きちんとした『遊び人』なんかいないよハヤシさん」

そんなこと言ったら冒険者がそもそもちゃんとした職業ではない。割とアウトロー寄りだ。

「ほーん？　この細っこいのがオレの偽者ねぇ」

「偽者はお前だろ」

「はい。勇者パーティーの営業のハヤシです」

「挨拶《あいさつ》しなくていいよハヤシさん」

遊び人がハヤシさんに歩み寄って、顎《あご》の無精髭《ぶしょうひげ》をじゃりじゃり触りながら、ハヤシさんをじろじろと無遠慮に眺める。

律儀にメイシを差し出したハヤシさんとの間に割り込んで、遊び人を威嚇《いかく》する。

遊び人が、明らかにハヤシさんを馬鹿にするように鼻で笑った。

「こんなお荷物抱《かか》えてまで勇者のフリとは、涙ぐましい努力だな」

「なんだと⁉」

「あ、アレクさん」

遊び人の態度が我慢ならなくて食ってかかろうとする俺の腕を、ハヤシさんが軽く引っ張る。

「私は構いませんので」

「構うよ」

ハヤシさんの手を、そっと離させる。

パーティーメンバーを悪く言われて怒らないなんて、そんなリーダーいるわけない。

「俺が嫌だもん」

そう言って、遊び人の男と対峙《たいじ》する。

大きく息を吸って、言った。

「今からハヤシさんのいいとこ十個言う‼」

「はあ⁉」

「アレクさん⁉」

「いつも俺たちのことを気遣ってくれる！　宿の手配とか食事の手配とか完璧！　報告書もめ

ちゃくちゃ分かりやすい！　買い物上手！　ドラゴンだって恐れない強い心！　頑張りすぎなくらい頑張り屋！　朝早起きしててえらい！　夜遅くまで頑張っててえらい！　さりげなく褒めて気分上げてくれる！　急に異世界に来て不安なはずなのに、体力5だったのに、弱音も吐かずに……いつも俺たちのこと支えてくれてる！」

目の前の遊び人が、俺の勢いに気圧《けお》されたのかじりじりと後ずさる。

それに負けじと一歩、力強く踏み出した。

「ハヤシさんはそのぐらい、俺たちのパーティーになくてはならない存在なの！　だから二度と！　馬鹿にすんな!!　分かったか!!」

「な、なんだよ、マジになっちゃってさぁ」

「そうだそうだ！」

がたんと音を立てて、偽勇者が立ち上がる。

そして俺の前までやってくると、ふんと鼻息も荒く胸を張った。

「うちのポルコだって負けてないぜ！」

「え？」

「そりゃ俺も最初は『いくら勇者パーティーに似せるためって言っても遊び人なんて』って思ったよ！　でもさ！」

あれ今『似せる』って言った？

騙《かた》るに落ちるってこういうことを言うんだったっけ。

一瞬そんなことが脳裏によぎったものの、熱の入った様子で語る偽勇者にだんだんそんなことはどうでもよくなってきた。

「モンスターがうようよいるダンジョンでもグースカ寝てるポルコを見たら、何か気が抜けて、安心して眠れたり！　戦闘でも役に立つわけじゃないけど、どんなピンチでもへらへらしてるコイツ見てたら、こんな危機大したことないって思えて前を向けたり！　クエスト失敗して宿代までなくなったときも、賭場《とば》で借金までしたポルコと一緒に皿洗いしてるうちに、悪態つきながらも不思議と笑えてきたりさ！」

遊び人がぽかんとした顔で偽勇者を見ていた。他の偽勇者一行は皆うんうんと頷《うなず》いている。

俺もパーティーの皆も、同じ顔をしている。ハヤシさんだけはいつもの愛想笑いだった。

だが不思議と、さっきまで小憎らしいばかりだった偽勇者の表情が、どこか……仲間を思いやるリーダーの顔に見えてきた。

「もう戻れないんだよ！　遊び人抜きのパーティーには!!」

うん。

気持ちは分かる。

気持ちは分かるが。

「そんな奴とハヤシさんを一緒にするなよ!!」

「何でだよ！　今俺たち通じ合ったよな⁉」

「通じ合いたくない‼」

「だ、旦那……そんな風に思ってくれてるなんて！」

遊び人が感動した様子で瞳を潤ませる。

そしてわなわなと震えていた拳を、ぎゅっと握る。

「今までどのパーティーでも鼻つまみモンだったオレにそんな言葉を掛けてくれるなんて……オレぁ幸せ者だ！」

「ポルコ……！」

「旦那。オレぁやるよ。アンタのその熱い思いに必ず報いて見せる」

遊び人が力強く歩き出した。

そして、偽勇者パーティーのテーブルの真ん中にあった、今日の稼ぎと思《おぼ》しき金をわしづかみにする。

「ちょっくらカジノで当ててくる！　夢見せてやるぜ、旦那！」

「へへ……まったく、ポルコらしいな！」

遊び人がずんずんと大股で食堂を出ていく。

鼻の下をこすってから、偽勇者たちも遊び人について出ていった。

しばらく黙って、その背中を見送る。

いや、分かんないよ、分かんないけど。

ダメ男に騙される女の構図じゃないか、これ。


「有り金全部スッた……」

「自業自得《じごうじとく》!!」

この店の会計も済ませず出ていったのでどうしようかと迷っているうちに、身ぐるみを剝《は》がれた偽勇者一行がのこのこと戻ってきた。

早いよ。まだ三十分も経ってないだろ。

どうやったらこんなに爆速でそんなに転落するんだよ。

「この店の支払いどうするんだよ」

「それは一応残してある」

偽勇者が食堂のおかみさんを呼んで支払いをしようとする。

他の客の料理を出した後で、おかみさんは適当な様子で言った。

「あいよ。勇者割引、百ゴールドのところ九十八ゴールドね」

「おかみさん、こいつら偽者だから割引なんか……え?」

おかみさんを止めようとして、一時停止した。

頭の中で計算する。

ええと。百ゴールドが、九十八ゴールドになるってことは、九十八パーセントってことだから、つまり……

勇者割引、二パーセント？

に、二パーセント？？？？？？

それはもう割引じゃなくて分引じゃないか？？

「あ、こちらの冒険者組合優待券は利用できますか？」

「ああ、それならこっちのテーブルは一割引きだね」

ハヤシさんがさっとポケットから取り出したチラシを見せると、おかみさんが笑顔で頷《うなず》いた。

ハヤシさん、いつのまにそんな優待券を手に入れたんだ。さっきギルドに寄ったときだろうか。結構どたばた慌てて出てきたような気がしたけど……さすがハヤシさん。

そのハヤシさんが持ってきた優待券を使うと、一割引き。

一割引きってことは、つまり、十パーセント引きってことで……。

「冒険者組合の優待に負けてる!!」

俺は思わずその場に崩れ落ちた。

考えてみれば当たり前だ。

俺たちだってそれほど優遇されていないんだから、偽者が受けられる恩恵だって大したことないだろう。

……ということは。

恐る恐る、問いかける。

「お、お前ら、さっきテーブルに置いてた金は……」

「ああ、あれは普通に小さい街で受けたクエストの報酬で」

「まっとうに冒険者できるんならやれよ!!」

何普通に金稼いでんだ。

そりゃあ勇者のフリだけで食っていけるほど稼げるわけがない。他に食い扶持《ぶち》が必要だ。

だからって普通に冒険者やってるとは思わなかったけど。

何だよ。もっと泥棒とか、何か悪いことして稼いだ金なのかと思ったのに。

遊び人以外はバランスのいいパーティーなんだし、そっちメインで地道に活動したほうが絶対に稼げると思う。

「これお前たちもそんなに得してないじゃねーか！　俺たち本物が損してるだけだろ！」

「そんなことない！『空いてるからまぁ仕方ない』って宿屋の部屋もいい部屋にしてもらえたぜ！」

「そうだそうだ！　商店のおじさんもオマケにこの商店のマークが入ったちり紙をくれたんだぞ！」

「それ別に勇者関係ないだろ!!」

それは単にごねた客への対応じゃないのか。勇者を名乗る必要がない。

ここまでのせせこましい悪事の積み重ねでうすうす気づいてたけど、こいつら、……小悪党だな？

普通に冒険者やるよりちょっといい思いしたいだけだな？

あまりのみみっちさに、ため息をつく。

何だろう。街の人があんまり大きな被害を受けていないのはいいんだけど。

俺たちの評判だけがただただ被害に遭っている気がする。

あと「勇者パーティー、やっぱりそんな扱いだよな」という侘《わび》しい気持ちになって損した気がする。まだ何にも成し遂げてないから当然なんだけどさ。

「もー頼むから勇者のフリすんのやめてくれよ……」

「ふ、フリってなんだ、俺たちは本物の」

「もういいって、それは」

「アレクさん」

いつの間にやらおかみさんとのやり取りを終えて俺のすぐ後ろに戻ってきていたハヤシさんが、そっと俺に耳打ちする。

「ご要望は、あの方たちに勇者を騙《かた》るのをやめていただきたい、ということで間違いないでしょうか？」

「え、うん」

ハヤシさんの言葉に、頷《うなず》く。

いつもと同じ穏やかな微笑を浮かべているものの、その表情にどこか、いつもとは違う……何かを感じた気がした。

確か、俺とロックの鎧《よろい》を値切ってくれたときとか。

エルフの職人に、アミュレットの依頼をしたときとか。

あのときみたいな、一本芯が通っているような、そんな顔だ。

やや気圧《けお》されながらも、答える。

「あとは、まぁ、改心してくれたら言うことないかな。勇者って嘘《うそ》ついてたのを撤回して回ったりとか、無理に割引してもらってたならお金返すとか。……素寒貧《すかんぴん》じゃ無理そうだけど」

「なるほど」

ハヤシさんが頷いた。

後ろから、ハヤシさんが一歩、歩み出る。

俺の隣に並んだハヤシさんが、自分の胸に右手を添えて、にこりと笑う。

「この件、私にお任せいただけませんでしょうか」

ハヤシさんの言葉に、よく分からないまま頷いた。

◇　◇　◇

「オレって運はいいんだよなぁ。さっきだっていいとこまで行ったんだぜ」

「そうだったんですか？」

「おう、倍、さらに倍ってな。そんで、最後に全ベット、どかんと一発行ったわけよ！　やっぱ男は度胸だろ？　……まぁそんで全部スッたわけだが、ありゃほんと、惜しかった」

「思い切りが素晴らしいですね！　なかなか真似できるものではありません」

「そうだろうそうだろう、がっはっは！」

ハヤシさんと遊び人に先導されながら、街の大通りを歩く。

ハヤシさん、いつの間にか遊び人とめちゃくちゃ打ち解けていた。

気づいたら遊び人がすげぇ仲良さそうにハヤシさんと肩を組んで背中をばしばし叩《たた》いている。

一応偽勇者、敵だったはずなんだけど。

他の偽勇者一行は訝《いぶか》しげな顔でハヤシさんの様子を窺《うかが》いながらも、遊び人が乗り気だからか黙って後ろをついてきていた。

俺たちも口出しはせずに、ハヤシさんと遊び人の後ろを歩く。

ハヤシさんが「任せてくれ」って言うくらいだから、何か考えがあるんだろうけど……どうするつもりなんだろう。

もちろん、ハヤシさんのことを疑ってるわけじゃないけど、単純に疑問だった。どうやったら偽勇者をやめさせられるのか。いくら考えてみても、俺には反省するまでボコボコにする以外の選択肢が思い浮かばなかったからだ。

考えながら歩いていたところで、繁華街のど真ん中で足が止まる。

ハヤシさんが俺たちと偽勇者一行を連れてきたのは、カジノだった。

大きい街だけあって、かなりデカい建物だ。そんで、何て言うか、煌《きら》びやか。

ハヤシさんはいつもどおりのニコニコ顔で、遊び人に向き直る。

「ポルコさん。私と勝負していただけませんか」

「あ？　勝負？」

「ええ。私が勝ったら、勇者一行を名乗るのをやめていただきたいのです。その代わり――ポルコさんが勝ったら、勇者を名乗るもやめるも、ポルコさんたちの自由です。いかがでしょう？」

ハヤシさんの言葉に、遊び人が目を見開いた。

カジノに来て「勝負」ということは、もちろんたくさん稼いだほうが勝ち、ということなんだろうけど……ハヤシさん、あんまりカジノとか賭《か》け事とか、やってそうな感じがしない。

どっちかっていうとそういうのは、遊び人の領分なんじゃないだろうか。

遊び人も同じことを思ったんだろう。にやりと口の端《はし》を上げて肩を竦《すく》めた。

「そりゃ面白ぇ、と言いたいところだが。俺は文無しだぜ」

「ええ、ですから」

 ハヤシさんが胸元のポケットから、硬貨を三枚取り出した。

 さっきのお釣り――勇者割引の分の二ゴールドと、冒険者組合優待の十ゴールド。合わせて十二ゴールドだ。

「まずは元金を作りましょう」


ハヤシさんを先頭に、カジノに入る。師匠が大の賭博《とばく》好きだったから何度か連れ戻しに来たことはあったけど、客として入るのは初めてだ。

ついつい、バニーガールのおねいさんに目が行く。動物の耳ってなんか、いいよな。

この煌《きら》びやかなカジノの内装とハヤシさんのミスマッチ具合がすごかった。

思わず心配になって、ハヤシさんに声をかける。

「ハヤシさん、大丈夫？　カジノで勝負、なんてさ」

「はい。取引先の方と行ったマカオで少々、経験がありますので」

「まかお……？」

迷いのない足取りでハヤシさんが向かったのは、シックボーの台だ。

サイコロを三つ振って、その出目の合計が十より小さいか大きいかを当てるのが基本のルールになっている。

他にも特定の数字に賭《か》けたり、ゾロ目に賭けたりと、どのくらい細かく指定して賭けるかで配当が変わるゲームだ。もちろん、ゾロ目的中が一番配当が高い。

師匠がやっているのを見たことがある。

大きいか小さいかならだいたい二分の一くらいで当たるんだし、それほど難しいゲームではない。――まぁあの人はぼろぼろに負けてたけど。

こういうの、やっぱりディーラーは出目を操れたりするんだろうか。

十二ゴールドを一枚のチップに交換したハヤシさんが、いくつかある台の中から、かなり混雑している台を選んで歩み寄る。

そしてちょうど一人の客が席を立ったのを見計らって、見るからに金持ちそうな男の隣に腰掛けた。

ハヤシさんがそっと、チップを「大」のゾーンへと置く。

十二ゴールドが二十四ゴールド。

二十四ゴールドが四十八ゴールド。

四十八ゴールドが九十六ゴールド。

九十六ゴールドが百九十二ゴールド。

あっという間に、十二ゴールドが十倍以上に膨《ふく》れ上がる。

俺と仲間たち――それに偽勇者たちは、ただ呆然《ぼうぜん》とそれを眺めていた。

ハヤシさんに迷っている様子はない。ただ淡々と、チップをテーブルの上に載せる、増えたチップを手に取る。それを繰り返しているだけだ。

どういうことだ?

四連続で、当たる?

いや、ハヤシさんは一番配当の低い、大か小かを選んでいるだけだ。二分の一で当たるんだから、四回連続くらい、そんなに珍しいことじゃない……のか?

今まで俺が見たことがあるのはギャンブルに弱い師匠がぼろ負けしている様子だけだったので、これが普通なのかどうかが分からない。

皆このくらいは当たる、ものなんだろうか。

俺がぐるぐる考えていると、ハヤシさんがチップを手におもむろに席を立った。

そしてすーっと別のテーブルに向かって歩いていく。台を変えるらしい。

次にハヤシさんが選んだのは、このフロアで一番というくらいに賑《にぎ》わっているテーブルで、空いている椅子はなかった。皆後ろから立ったまま、テーブルにチップを載せている。

ハヤシさんがゴージャスな宝石を身に着けたおばさんの後ろに立って、チップをテーブルに載せた。

百九十二ゴールドが三百八十四ゴールド。

三百八十四ゴールドが七百六十八ゴールド。

ここまで眺めて、気づいた。

ハヤシさんは、目の前に座っているおばさんが賭《か》けるのと同じところに賭けている。

そういえばさっきも、隣の金持ちそうなおじさんと一緒のところにばかり賭けていた、ような？

つまり、ハヤシさんは――運が良さそうなお金持ちにあやかっている？

目の前のおばさんが、ゾロ目にチップを積み上げた。

ハヤシさんもそこにチップを積む――かと思いきや、ハヤシさんはチップを引き上げてくるりと踵《きびす》を返した。

そしてあたりを見回すと、他のテーブルに向かって歩き出す。

見失わないようにハヤシさんの後ろをついていくと、背後からおばさんの残念そうなため息が聞こえてきた。

やっぱりゾロ目は簡単には当たらないみたいだ。

次にハヤシさんは、割と落ち着いたおじいさんが集まっているテーブルに腰を下ろした。

でもさっきまでと違って、見るからにぎらぎらのお金持ちっぽい人がいるわけではない。しいて言うなら、二つ隣に座っているおじいさんは恰幅《かっぷく》がいいし、髭《ひげ》を撫《な》でる仕草も何となく偉そうだ。商会の偉い人……とか、かもしれない。

ハヤシさんがテーブルにチップを積み上げる。

ハヤシさんと同じところに賭《か》けたのは——人のよさそうな、小柄なおじいさん一人だけだった。

あ、これは外したか。そう思ったが——

七百六十八ゴールドが千五百三十六ゴールドになった。

「おお、やったやった」

「さすがです、会長」

「やはり持っていらっしゃる」

無邪気に喜ぶ小柄なおじいさんを、まわりのおじいさんたちがヨイショする。

他のおじいさんは皆敬語だし、ハヤシさんと同じところに賭けた小柄なおじいさんが、どうやら一番偉い人だったようだ。

でもそんなの——今の今まで、分からなかった。

ハヤシさんは、一体どうやって？

いや、そもそもお金持ちとか偉い人と同じところに賭けたら当たるなんて、そんなことあるのか？

ハヤシさんは増えたチップの半分を遊び人に手渡した。

「それでは、こちらを元金にしてルーレットで勝負といたしましょう」

「は？」

遊び人が面食らった様子ながらも、チップを受け取る。

目を白黒させてから、不思議なものを見るような視線をハヤシさんに向けた。

ハヤシさんは顔色一つ変えずに淡々と言う。

「ここのカジノで一番倍率が高いそうですから。勝敗は、どちらが多くのチップを手にできるか……簡単でよろしいのではないかと」

「おいおいおいおい」

ハヤシさんの申し出に、遊び人がそう言いながら天を仰ぐ。

そして勢いよくハヤシさんの肩を叩《たた》くと、やれやれと呆《あき》れたように首を横に振る。

「これっぽっちの元金で勝負だなんて、お前は小さい男だなぁ！」

「おや、これで最低掛け金はクリアしていますが」

「これだからトーシロはよぉ」

はぁあ、とこれ見よがしにため息をついて見せる遊び人。

ハヤシさんにチップをもらうまで素寒貧《すかんぴん》だった男の態度とは思えなかった。

「勝負ってんなら、もっとドカンとでっかい賭けにしなきゃ意味ねぇだろうが！　賭け事ってのはな、ハイリスクハイリターン、それでこそ燃えるのよ。この遊び人ポルコ様の本領発揮にゃあこんな額じゃあとてもとても」

「はぁ……」

「これから一時間、このカジノでさらにチップを増やす。そんでもってルーレットに集合だ。勝負はそっからだぜ」

チップを握りしめた遊び人の目が、一瞬で金《ゴールド》のマークに変わる。

こいつ、このチップでもっと遊びたいだけだろ。

「なるほど、承知しました」

俺たちは疑いの目を向けていたが、ハヤシさんはにこりと笑って頷《うなず》いた。

承知しなくていいよ、ハヤシさん。そもそも素寒貧《すかんぴん》だった時点でだいぶそいつの負けだよ。人として。

「ようし、遊び人の底力を見せてやるからな！　吠《ほ》え面《づら》かくなよ！」

言うが早いが、遊び人はポーカーの台へと消えていった。

偽勇者一行が慌てて遊び人を追いかける。

それを見送ったハヤシさんが、律儀にチップを増やすためにまた台を探し始めた。

今しかないと、慌ててハヤシさんを呼び止める。

「は、ハヤシさん！　こんなに勝てるって、どういうこと？　幸運のスキルかなんか持ってたっけ？」

「いえいえそんな」

ハヤシさんは「滅相もない」と笑いながら、胸の前で両手を振っている。

いや、確かにハヤシさんのステータスとか見たときにはそんなスキルなかったけどさ。ハヤシさんはいつもの笑顔だから読めないけど……さっきの口ぶり。元手が増えないだなんて思っていない様子だった。

お金持ちがツイてるから、一緒に賭《か》けたら当たるかも、とか。そういう「勘」みたいなものだけじゃない「何か」がある。

直感だが、そう感じていた。

俺がじっと見つめていると、ハヤシさんは困ったように眉《まゆ》を下げる。

「カジノも商業施設ですから。お客様に楽しんで、満足して……気持ちよく対価を支払っていただきたい。その気持ちは私にも分かります」

ハヤシさんの言葉に、はっと目を見開いた。

考えてみれば当然だ。

全然勝てなかったら、誰もカジノになんて来なくなってしまう。誰も来なければ儲《もう》からないんだから、カジノにとっても損になる。

俺の師匠はカモられまくっていたけど、懲りずにカジノや賭場《とば》に通っていた。

賭け事って、たまに勝てたりするから人を惹《ひ》きつけるんだ。もしかしたらって期待するから夢を見て、足を運ぶんだ。

当たり前のことなのに、何となく頭から抜けていた。

そりゃあ、商売なんだから、通って金を使ってもらわないと儲《もう》からない。特に金持ちの客だったら、何回も来てたくさん金を使ってほしいだろう。

「ですから、ディーラーの気持ちになって考えてみると、時々当たるんです」

「時々……?」

「今回は運がよかったですね」

ハヤシさんがチップを数えて、呟《つぶや》いた。

ディーラーの気持ちになる。

金持ちの客に、楽しんで、満足して、気持ちよく金を使ってもらいたいという人間が、どうするかを考える。

最初のうちは、少し勝たせたほうがきっと気分が良くなる。最初から負けてしまったら、そこでやめてしまうかもしれないし、もう二度と来ないかもしれない。

金額が少なくても、勝ちが重なれば、「調子がいいぞ」とかそんな気分になって、もっと追加して賭《か》けてくれるかもしれない。

その後負けたとしても、さっきは勝ったんだからもう一回やれば、とか、そう思ってくれるかもしれない。

つまり、ハヤシさんがやっていたのは——そういうディーラーとお客との駆け引きを利用していたってことなんだろう。

言葉で言うのは簡単だけど、実際そんなことできるんだろうか？

だって、ディーラーだって最後はカジノ側が儲けるためにやっているはずだ。

いつ回収するターンに回るかなんて、どうやって読んでいるんだろう。

常に一番低い倍率に賭けて、さっさと撤収したハヤシさんの引き際を思い出す。

そしてカモられまくっていた師匠や、素寒貧《すかんぴん》になって身ぐるみを剝《は》がれた遊び人を思い出す。

賭け事ってやっぱり、調子がいいと次はもっと、とか。負けを取り返そう、とか。

師匠や遊び人や、一喜一憂《いっきいちゆう》するカジノのお客さんを見てると、そういうのが楽しいんじゃないのって、思う気もするけど。

ハヤシさんみたいな感じのプレイスタイルで勝つのが、無欲の勝利、とかいうやつなんだろうか。

欲をかくと失敗するというか、引き際を見誤るというか。

そういう意味で言えば、ハヤシさんってあんまり欲とかなさそうだよな。

何か「したい」って言っているところ、ほとんど見たことがない気がする。

俺と同じように黙って考えている風だったロックが、ふとハヤシさんに問いかけた。

「でもよ。ディーラーがもてなしたい客がどいつかなんて、見て分かんのか？」

確かに、と俺も疑問に思ったのを思い出した。

だって最後のテーブルなんか、誰が一番金持ちか、とか、誰が一番偉いか、とか。ぱっと見では分からなかったのに。

ハヤシさんが苦笑いしながら頬《ほお》を掻《か》く。

「癖になっているんです。人の顔色を窺《うかが》うのが。誰が誰に気を遣っているか――何となく、分かるんですよ」

それってもう顔色とかじゃなくて、読心術なんじゃないだろうか。

「そうでないと、どなたにいの一番に謝るべきか、分かりませんから」

「謝る前提なんだ……」

「それに、最初のテーブルでは――私の隣に座っていた方が、ディーラーの方のお知り合いのようでしたから」

「えっ」

ハヤシさんの言葉に、思わずロックと顔を見合わせた。

いや、全然そんなの、分かんなかったけど。

ロックがデカいため息をついた。

「サクラってことかよ」

「さぁ、そこまでは」

「どうして分かったんだ？」

「何となく、でしょうか」

ハヤシさんが戸惑った様子で頬を掻く。

「どなたとどなたが——親しいご関係か。知らないと思わぬトラブルに巻き込まれることも多かったので」

「異世界人ってお貴族様みたいな駆け引きしてるんだな……」

ハヤシさんはその後もいくつかテーブルを回って、いつの間にかチップは抱《かか》えるほどになっていた。

それを横目に見ていたロックが我慢できなくなったのか、自腹でゲームに参加していたが……ハヤシさんがテーブルを立つタイミングで深追いして、全部持って行かれていた。

普通って言ったら変だけど、まぁこうなるよな。

チップを二つのケースに分けて収めたハヤシさんが、ルーレットに向かう。

ちょうど偽勇者一行もルーレットにやってきたところだった。

遊び人もケースいっぱいのチップを抱えている。

——が、後ろの勇者一行の顔色が悪い。

ハヤシさんみたいなコツコツ型じゃなくて、かなりアップダウンの激しい勝負を経てそこに至っているようだ。

「おう、そっちもだいぶ稼い、ぶぇ、ぶえっくしょーい!!」

Even
1 to 18
1st 12

遊び人がド派手なくしゃみをかました。

そのあとずびずび言いながら鼻の下をこすっているのを見て、シャーリーが引いた顔をしている。

気持ちは分かる。

「へへ、悪ぃな。さっきもいっぺん身ぐるみ剝《は》がれかけたもんだからよ」

「よくそれでそこまで持ち直したな……」

「ポルコ、ほらちり紙」

偽勇者が商会のマークが入ったちり紙を遊び人に差し出すと、遊び人がこれまたド派手にラッパみたいな音を轟《とどろ》かせて鼻をかんだ。

シャーリーがドン引きした顔をしていた。分かるよ。俺だってちょっとうわって思うもん。

ルーレットに人が集まり始め、客がどんどんとテーブルの上にチップを置いていく。

ハヤシさんは迷いなく、「赤」に持っていたチップのケースを置いた。

さっきのシックボーと同じで、赤か黒かの二分の一に賭《か》ける、一番配当の低い賭け方だ。

それを見て、遊び人がふんと鼻を鳴らす。

「小せえなぁ」

「そうでしょうか」

「ああ、小せえ、小せえ！　さっきから思ってたんだよ。チマチマちまちま……あのなぁ、ギャンブルってのは……」

遊び人がずんずんとテーブルに近づいた。

そして。

「こうやるんだよ！」

どかん、と狭いスペースにすべてのチップを入れたケースを勢いよく置いた。

見ていた客たちの間にもどよめきが広がる。

「黒の８！　ここに全ベットだ!!」

一点賭け《ストレートアップ》。

確かにこれぞギャンブル、これぞ遊び人、という気がする。

遊び人の自信満々な様子につられて黒に賭《か》ける客、さっきのくしゃみを見ていたからか逆張りで赤に賭ける客。

結局極端に偏るようなことはなかったが、遊び人が騒いでいるのを野次馬根性で見に来たんだろう。さっきよりも多くの客がルーレットの周りに集まっていた。

ディーラーがベット終了の合図をして、ボールが回転するホイールに投げ込まれる。

勢いよく回っていたホイールの動きがだんだんと遅くなり、転がるボールが視認できるようになってきた。

チップを賭けた客たちは、皆程度の差はありつつもどこか緊張した面持ちで、固唾《かたず》を呑《の》んで見守っている。

こんなにたくさん人がいるのに、聞こえるのは吐息とからからと回るルーレットの音だけだ。

ハヤシさんだけは、にこにこといつもの笑顔を顔に張り付けていた。

ボールがてんてんと、動きを止めていく。

ホイールの回転が止まり、ボールが転がり落ちた先は——赤の、7。

——と、思ったのだが。

「ぶぇ——っくしょい!!」

ホールにまたファンファーレかと思うようなけたたましいくしゃみが響き渡った。

その声に驚いたのか、ルーレット台のあたりに押し寄せていた客たちが皆わずかに身じろぎをする。

からん!

誰も、派手にテーブルにぶつかったりはしなかった。

だがわずかばかりの床の軋《きし》みや、ホイールが設置されたテーブルへの接触。

それによって——留まろうとしていたボールが、最後にもうひとマスだけ、転がった。

ボールが止まったのは——黒の、8。

しん、とその場が静まり返る。

「お、お？　ぅおおおおお!?!?」

くしゃみで目を閉じていたからだろう。

皆よりもいっそう事態を飲み込めていなかったらしい遊び人が、ホイールの中を覗《のぞ》き込んで雄たけびを上げた。

「一点賭け《ストレートアップ》の倍率、さ、三十六倍⁉」

遊び人の目の前に、賭《か》けていたチップの三十六倍の量が積み上げられる。

他人事ながら、あまりのことに鳥肌が立った。

マジか。あんなの、当てるやついるのかよ。

遊び人も積み上げられたチップを前に、目をゴールドにしながらおろおろと両手を震わせている。

「ポルコさん、あなたの勝ちです」

まだ呆然《ぼうぜん》としていたポルコがなんとかテーブルからチップを運び降ろしたところで、ハヤシさんがさっきまでと変わらない表情で話しかけた。

その表情も口調も声も、本当にいつも通りだ。今しがたチップをすべて没収されたばかりとは思えない。

「本当に、おみそれしました。さすがは遊び人ですね。約束通り、これからは勇者を名乗るもやめるもポルコさんにたちにお任せいたします」

「……いや、やめるわ」

ハヤシさんの言葉に、遊び人がほんの一瞬黙った後で、答えた。

え？

今やめるって言った？　こいつ。

遊び人がチップの入ったケースを積み上げたタワーを見て「当たり前だろ」と言わんばかりにため息をついた。

「こんだけありゃ一生遊んで暮らせるぜ？　冒険者なんて危険な仕事やってられっかよ」

「それはそうすぎる」

勇者がどうこうはさておいて、冒険者っていうのは基本的に金を稼ぐためにやっている人間が大半だ。

特に金とギャンブルに興味が深そうなこの男にとっては、金があれば冒険者を続けるメリットはないのだろう。

呆然とチップのタワーを見上げる偽勇者のところに、遊び人がのしのしと歩み寄る。

そしてケースを上から五箱ほど手に取ると、それを偽勇者に差し出した。

「旦那、これ」

「え？」

「実家の農場、建て直す金が欲しかったんだろ」

遊び人がもう一度、勇者に向かってチップのケースを突き出す。

あそこに入っているだけでも相当な金額、のはずだ。

ていうか偽勇者、そんな理由で冒険者やってたのかよ。

日銭以上のものを稼ぐ必要があるなら、偽勇者なんかやってないで真面目に冒険者やっとくほうが金が稼げたんじゃないだろうか。

目を白黒させながら遊び人とチップを見比べていた偽勇者が、はっと我に返ったように言う。

「で、でも、これはポルコの」

「何言ってんだよ。今までオレの借金返してくれたのは旦那だぜ?」

遊び人が無理矢理に、偽勇者の手にケースを持たせる。

そして鼻の下をこすりながらも、ふふんと胸を張った。

「オレ言っただろ? 出世払いで倍返しにする、ってよ」

「ぽ、ポルコ~!!」

偽勇者がチップのケースを放り出して、ポルコに抱きついた。

◇　◇　◇

「勇者さん、本当に申し訳ありませんでした！」

チップを拾い集めて換金所に行った後、偽勇者一行が俺たちのところに来て頭を下げた。

「え、えええと？」

「もう勇者を騙《かた》ったりしません！　田舎に戻って、彼女と真っ当にやり直します！」

偽勇者がそっと盗賊の女の子の肩を抱く。

盗賊の女の子がぽっと頬《ほお》を染め、武闘家の男と遊び人はにやにやしながら二人を見守っていた。

あ、そこの二人そういう関係なのね。

パーティー内恋愛、聞くよね、結構ね。

ゆ、許せねぇよなぁ～～～～!!

という私怨《しえん》を飲み込んで、ぐっと親指を立てて頷《うなず》く。

「そ、そっか、うん、分かってくれたらいいんだ！」

口元が引きつりながらも、許せねぇ～とは口には出さない。

さっきも、偽物を名乗るのをやめてくれたらそれでいいって言っちゃったしな。

彼女がいるかいないかは関係ないからね、悪事とは。

そのあたりは、彼女持ちへの僻《ひが》みとはちゃんと切り分けて考えてるから。

何故なら俺は本物の勇者だから。

「さ、さすが本物は器がデカいなぁ……！」

偽勇者がきらきらとした目で俺を見る。

別に俺の器はたぶんショットグラスくらいの大きさしかないし、九割ただの強がりなんだけど……まあ、悪い気はしない、か。

「なのにアタシたち、アンタたちのフリして迷惑かけて……」

「誠に申し訳ございませんでした」

「いや、ほんと、もう二度としないってんならそれでいいよ」

「田舎に戻る道すがら、街の人に嘘《うそ》だったたって謝って、誤解を解いて回ります！」

偽勇者が、「な！」と言って他のメンバーの顔を見る。

皆うんうんと頷《うなず》いていた。

対する俺は、偽勇者の変わりように呆然《ぼうぜん》としつつも、ハヤシさんとの会話を走馬灯のように思い出す。

——ご要望は、あの方たちに勇者を騙《かた》るのをやめていただきたい、ということで間違いないでしょうか？

——え、うん。あとは、まぁ、改心してくれたら言うことないかな。勇者って嘘ついてたのを撤回して回ったりとか、無理に割引してもらってたならお金返すとか。

確かに、俺はそう言ったけど。

嘘だろ。まさかこんなに、あっさり？

「お金もたくさんあるんで、謝罪と一緒に強引に割引してもらった分とかサービスしてもらった分もお返しします！　ほんと、唸《うな》るほどあるんで！　金!!」

……ずっと名乗りたくなるくらい得してたかっていうと別にそんなことないってのもまぁまぁ大きいんだろうけど。

たぶん返さなきゃいけない金額、合計してもチップ十枚分もないくらいなんだろうな……と思うと、何とも侘《わび》しい。

「あ、そうだ。勇者さんにもいくらかお返ししないと。な、ポルコ」

「ああ、そりゃいいや」

「いや、全然いい、全然大丈夫、俺たち困ってないから。何故なら本物の勇者だからです」

お金を差し出そうとしてくる偽勇者と遊び人を手で制する。

本当は全然よくないけど。

こんなところでやせ我慢なんかしたって無駄だし、もらえるもんはもらっとけって思うけど。

でも何かここでお金をもらっちゃったらもう負けって気がするじゃん。

後ろでこっそりロックが「ほら。馬鹿だろ、男って」とシャーリーに囁《ささや》いていた。

聞こえてるっつの。

「さすが！　本物の勇者はすげぇなぁ!!」

偽勇者がまたきらきらした目で俺を見る。

ますます引けなくなってしまった気がする。

まぁ、いいか。もうこれで悪評が広がることはないわけだしな。

それでよしとしようじゃないか。うん。

自分に言い聞かせながらのろのろとカジノを出て、一同連れ立って街の大通りへと向かう。

街の出口に近づいたところで、ふと偽勇者一行が立ち止まった。

「ポルコは、もう冒険者やめる……んだよな」

「そうさなぁ」

おずおずと尋ねる偽勇者に、遊び人は両手を頭の後ろで組みながら、こちらに背を向ける。

そしてぶらぶらと歩いたかと思うと、ふと足を止めた。

「冒険者はやめるとして、しばらく田舎でのんびりしたいもんですが。旦那、いい場所知りやせんか？　できたら――農場とか、そういうところで泊めてもらえると最高です」

「！」

寂しげな表情で俯《うつむ》いていた偽勇者が、ぱっと顔を上げた。

わずかにこちらを振り返った遊び人が、にやりといたずらっぽく口角を上げる。

偽勇者が、わっと遊び人に飛びついた。

「一緒に帰ろう、ポルコ！」

わいわいと笑い合う偽勇者一行。

後ろに一歩引いたところで、僧侶の男が穏やかに笑ってその様子を見守っていた。

あの僧侶……装備から言ったら、あの中で一番レベル、高そうだな。年齢は遊び人と同じくらいか。

俺がじっと見ていることに気づいたのか、僧侶がこちらに向かって深々と頭を下げた。

だが、それは俺に向けてではなく――俺の隣にいるハヤシさんに向かってのもののように感じる。

特に確信はない。なんとなく、そう感じたってだけだけど。

ハヤシさんはいつもの愛想笑いで、僧侶に向かって会釈を返した。

偽勇者は何度もこちらを振り向いて、お辞儀をしたり手を振ったりを繰り返して去っていった。

偽勇者たちの背中を見送りながら、呟《つぶや》く。

「大丈夫かなぁ、あいつら」

「さぁな。まぁ、ここまであの遊び人抱《かか》えてうまくやってきたんだ。何とでもなるだろ」

ロックの言葉に、妙に納得してしまった。

それはそうかもしれない。

借金作ったりしながらも田舎からここまで来られたわけだし、何とかなるか。

「運はいいみたいだし。俺らが心配することでもないか」

「そうですね」

俺がやれやれと肩を竦《すく》めると、ハヤシさんが頷《うなず》いた。

「あそこでオールインするなんて、素晴らしい度胸です。私にはとても真似できません」

「真似しなくていいから」

ハヤシさんを見上げると、いつもと同じニコニコ顔だった。

冗談なのか本気なのか、まったく分からない。

分からないが……結果的にハヤシさんは、俺の要望を全部叶《かな》えてくれたわけだ。

「すげぇな、ハヤシさん」

思わず零《こぼ》れた呟《つぶや》きに、ハヤシさんがぱちぱちと目を瞬《またた》く。

ハヤシさんの顔を見ながら、続ける。

「ボコボコにしなくても解決できるなんて思ってなかったからさ」

「ボコボコ、ですか」

ハヤシさんが俺の言葉を繰り返す。

そんなことは思ってもみなかったという顔だ。

確かにハヤシさんには似合わない言葉だな、ボコボコ。

そういう意味ではやっぱり、俺たちいいチームなのかも。

ハヤシさんはいつも思いもよらない方法で俺たちを助けてくれて……俺たちは、ハヤシさんができないことを代わりに請け負う。

そういう関係がいいよな。

ハヤシさん、良い人だし。たまに心配になるけど。

「自主的にやめてくれるならそれに越したことないよなぁ」

「オレとしちゃ、もうちょっと痛い目見せてもいいと思うがな」

「別にいいだろ。ちゃんと反省してるみたいだし。実際のとこ、損したの俺たちだけじゃん。それなら全然いいよ」

半分自分に言い聞かせるように言う。

とっちめてやる、とは思ってたけど。腹も立ったし妬《ねた》ましさもあるけど、この気持ちだって嘘《うそ》じゃない。

なんか憎めない奴らだったしな。

「さすが、ウチの勇者様は器がデカいぜ」

「はい、本当に」

ロックがニヤニヤ笑いながら俺を見ている。

これは完全にやせ我慢が混ざってるのを見抜かれてるな。

その隣で頷《うなず》くハヤシさんは、いつものニコニコ顔よりちょっとだけ……本当にちょっとだけ、嬉しそうに見えた。

その笑顔が何だか照れくさく感じて、頭を掻《か》きながら茶化しにかかる。

「まぁでも金はちょっとぐらいもらっとけばよかったかなぁ」

「妙な恰好《かっこう》をつけるからだ」

「うるせー」

わざとらしくため息をつくレオンに舌を出して応じた。俺の肩を、ロックがぽんと叩《たた》く。

「ま、地道に稼げってこった」

「ロックが言うと実感あるなぁ」

「うるせーぞ、こら」

「ロックさん、そもそも賭《か》け事というのは……」

皆でやいやい話しながら宿屋のほうへと足を向けかけたところで、ハヤシさんがすっと右手を上げた。

「あ、私は先に残りのチップを換金してきますね」

「うん、分かっ…………え？」

頷いてハヤシさんを見送りそうになって——気づいて聞き返した。

今ハヤシさん、何て言った？

「の、残りのチップ？」

「はい」

ハヤシさんが、きょとんとした顔で頷く。

「半分黒に賭けていたので」

「は？？」

そんな不思議そうな顔をしないでくれハヤシさん。

疑問を呈したいのは俺なんだよハヤシさん。

思い返してみればあの時、ハヤシさんが赤のゾーンに置いたチップは一箱だった、ような。

つまりその前まで抱《かか》えていた二箱のチップのうち、もう一箱は……黒に？

「なるほど。要はあの遊び人が勝っても負けても、こうなるはずだったってこったな？」

「え？」

「いえいえ、こんなにうまくことが運ぶとは」

「よく言うよ。あいつが一番倍率高いとこに一点賭けするのなんか、お見通しだったくせに」

ハヤシさんが困ったように眉《まゆ》を下げて頰《ほお》を掻いた。

事情が呑《の》み込めずにロックのほうを見る。

ロックがやれやれと肩を竦《すく》めて話し始めた。

「あいつはどうせ持ってるチップを全部賭ける。当たれば大金持ちだ、わざわざ勇者を名乗る必要もなくなる」

「それは、今実際そうなったけど」

「逆に外せば一文無し。半分でも何でも残ってりゃあハヤシさんの勝ちだ。勝ったら勇者を名乗るのをやめるって、そういう約束だったろ」

「あ」

そこまで聞いて、俺でもロックの言いたいことが分かった。

あの遊び人のことだ、きっと最後には大きな勝負に出るに決まっている。

しかもちょこまか賭《か》けているハヤシさんを見て相当フラストレーションが溜まっている様子だった。

お手本を見せてやるとか息巻いていたし、オールインのお膳立ては済んでいる。

しかしハヤシさんはルーレットで勝負とは言ったが、全部賭けるなんてルールは話してない。

だからハヤシさんは、赤と黒、両方に半分ずつ賭けたのだ。

それでは賭け金は増えないが……この場合、別に増やすことが目的じゃない。

最後のルーレットが終わったときに、多くチップを持っていたほうが勝ちなのだ。

ということは——あの遊び人には最初から、ハヤシさんに負かされるか、大金持ちになるかのどっちかしかなかったってことだ。

そこで断然確率低いほうを引き当てたのは、完全に運だろうけど。

「ポルコさんは本当にお強い。いやぁ、完敗でした」

完敗っていうか、最初の元手から考えれば残った分でも十分勝ちだと思うの、俺だけ？

まぁ確かに遊び人みたいな大当たりじゃなかったけど、そもそもカジノで黒字なら御の字じゃないだろうか。

「私はあまり、運がよいほうではありませんから。オールイン、なんて、とてもできる性分ではなくて」

そんなことを言いながら、ハヤシさんがわずかに目を伏せる。

「少し羨《うらや》ましいです。あんなふうに思い切りよく決断できたら……」

その横顔が何故か、少し寂しげに見えた。

咄嗟《とっさ》にハヤシさんの顔を覗《のぞ》き込んで、言う。

「俺は今の、堅実なハヤシさんが好きだよ」

ハヤシさんがまたきょとんとした顔をした。

何でそんな顔するんだろう。

ハヤシさんってすげー気がつく割に、自分が他人からどう見られてるか、ちょっと分かってない気がするんだよな。

ハヤシさんがエイギョウじゃなくて遊び人だったら、俺たちとっくの昔に崩壊してるって。

他の仲間たちに「な？」と視線を送ると、皆思い思いに頷《うなず》いた。

「冒険者なんて博打《ばくち》みたいなもんだからなぁ。堅実なくらいでちょうどいいぜ」

「そうだ。ハヤシさんには理知的な判断をしてもらわないと僕の味方がいなくなる」

「どういう意味だよ、それ」

「皆、今のハヤシさんに助けられてるってことですよね！」

シャーリーがうまい具合にまとめてくれた。

そう。俺たちのパーティーに必要なのは、遊び人じゃなくて――エイギョウのハヤシさんだ。

購入代金全額返金キャンペーン

「すっげぇ！　欲しくなってきた！」

「はは、それは何よりです」

「何騒いでんだ？」

「ロック！　ハヤシさんすごいんだ！」

次の街へと向かう途中、広い街道でモンスターに出くわす危険も少なかったので、雑談をしながら歩いていた。

俺が思わず鼻息を荒くすると、何事かとロックが寄ってくる。

俺は隣にいるハヤシさんを示しながら、やや興奮したままで説明した。

「何でもないものでも、ハヤシさんが説明してくれると何かすげぇ買いたくなるんだ」

「どういうこった」

「見たほうが早いよ」

怪訝《けげん》そうに首を捻《ひね》るロックに、実演してもらおうとリュックを漁《あさ》る。

ちょうど手に取りやすいところに入れてあったポーションを取り出して、ハヤシさんに渡した。

「じゃあ、ハヤシさん。このポーションをロックに売ってみてくれよ」

「ん？　よくあるポーションじゃねぇかよ、それ」

「かしこまりました」

ハヤシさんが頷《うなず》くと、ロックに向けてポーションを見せながら、にこやかに話し始めた。

いつも俺たちと話すときよりも、少しだけ声のトーンが上がったというか、元気な声になった、気がする。

「ロックさん、ポーションはいかがでしょう？　冒険の必需品ですよ」

「お？　何だ、安くしてくれんのか？」

「いえいえ」

乗り気になったロックに対して、ハヤシさんは笑顔は崩さずに、しかしその言葉を否定する。

てっきり安く売ってくれるから買いたくなるんだと思ったんだろうロックが目を丸くした。

ふふん、違うんだよなぁ。値段じゃないんだよ、値段じゃ。

ハヤシさんが少し困ったように眉《まゆ》を下げて、話を続ける。

「最近は露店などで安いポーションが売られていることもありますが、あれは粗悪品です。たいてい見習い薬師が作ったものだそうですよ」

「ああ、そういやそんな話聞くなぁ」

「たとえ一つ使ってみてそれが想定通りの効能があったとしても、次も同じだけの効果が得られるかは誰も保証してくれません。個人が作ったものではやはり臨床試験が十分になされているとは言い難いですから。効果や安全性についても常に担保されているとは言えません」

ふむふむと、俺までハヤシさんの話に聞き入ってしまう。

安物買いの銭失い、とか、俺でも聞いたことがある。安いってことは、安い理由があるもんだよな。

「想像してみてください。冒険者の皆さんがポーションを使うのは、傷ついたり回復が必要なタイミングのはずです。街が近くにあれば宿屋や教会に行くでしょうから、そういった施設が近くにない、ダンジョンや森の中で利用することが多いでしょう」

言われたとおりに、ポーションを使う場面を思い浮かべる。

たとえば長距離を移動していて、途中でモンスターとの戦闘が続いたとき。宿がある街や村までは時間がかかるし、野営するにもモンスターの危険があって、まだもう少し進まないといけない。

そういうときに使うことが多いかな。

あとは僧侶がいるとほとんどないけど、大怪我をしたときにも使うことがある。こっちは緊急事態だ。

「そんなときに、粗悪品のポーションを使おうとして、『はずれ』を引いてしまったら、それは生死に直結します」

きっと俺と似たような状況を思い浮かべたに違いない。ロックも無精髭《ぶしょうひげ》を撫《な》でながら頷《うなず》いた。

体力が減っても進み続けなきゃいけないときでも、大怪我したときでも、どっちの場合だって飲んだポーションが効かなかったらマジで地獄だ。

もし全滅したら、死んだら。蘇生はポーションなんかと比べものにならないくらい金がかかるし、絶対生き返るって保証があるわけでもない。

あと普通に死ぬの怖いよな、やっぱ。

「武器や防具では、多少値が張ってもこだわって安心感のあるものを選びますよね？　安いからといって、粗悪なものを選ぶことはないでしょう」

「まぁ、そりゃそうだわな」

「ポーションも同じです。いざというときに生死を分けるものですから」

ハヤシさんの言葉に、俺とロックはうんうんと牛のように首を振って頷いた。

ポーション、大事だな。安くても変なの摑《つか》まされたら意味ないってことだもんな。

今まで全然考えたことなかったけど、説明されてみればとても当たり前のことのように思える。

「その点こちらのポーションは全国のギルドで販売されておりまして、統一規格で定期的に検証試験を行い、一定の基準をクリアしたものだけを瓶詰めして店頭に並べております。栓に入っているギルドのロゴが認証の証《あかし》です」

「これそういう意味だったのか」

まじまじとポーションの瓶を眺める。

言われてよく見たら、確かにコルクの焼き印はギルドの看板に書いてあるのと同じマークだ。

「ロックさんは、先ほどこの瓶を見て『よくあるポーション』とおっしゃいましたね」

「ああ」

「そうなんです。冒険者の方であれば、この瓶を見ただけで中身が何か分かるくらい、この国では広く流通しています。この形の瓶で売られるようになってから五十年が経っているそうですが……つまり五十年間、お客様皆様にご愛用いただいているからこその『よくあるポーション』になれたのです」

はぇえ、と感心のため息をつくとともに、ハヤシさんはなんでそんなことまで知ってるんだろう、というのが気になった。

王様とか王城の魔術師はそんな話しないだろうし、冒険を始めてからギルドとかでリサーチしたのだろうか？

だとしたらすごい熱意だ。俺なんてガキの頃から十年くらいこのポーションにお世話になっているのに、全然気にしたことがなかった。

ただ何となく、ギルドに寄ったついでに買うことが多かっただけだ。

「ギルドの支部や出張所でも購入できる手軽さ、そして安心安全の品質保証。さらに今なら、一本飲んで効果を実感いただけなかった場合には購入代金全額返金キャンペーンを行っております。初めてご利用の方はもちろん、ロックさんのようなベテラン冒険者の方でもご利用いただけるキャンペーンですよ」

「ベテランって、まぁ、そりゃあ冒険者業も長くなったが」

「そして五十年間変わらず愛されているこのポーションですが、常に進化をしています。瓶の形はそのままですが、数年前からより軽い瓶に変更されました。持ち歩くことを想定すると重量も重要ですから」

「確かに、昔はもっと瓶が分厚かったかもな」

ロックがポーションの瓶を光に透かす。

重さまで気にしたことがなかったけど、ハヤシさんが言うならそうなんだろう。

俺たちがハヤシさんのことを信用してるからかもしれないけど、ハヤシさんが話すと何か本当なんだろうなって気がするんだよな。

「五年前には味にも改良が加えられまして、より飲みやすいものになりました。よい部分は伝統を引き継ぎながら、より皆様に気持ちよく使っていただけるよう日夜品質改善を続けています」

「へぇ～……」

「こちらの安心安全、冒険者の皆様の頑張りを支えるポーション、一本あたり十ゴールドとなっております。基本的にお値下げはございませんが、十本以上おまとめ買いの場合は割引サービスがご利用いただけますので、この機会にぜひ」

「よし買った！　十本くれ!!」

すっかり感心して、俺と一緒に頷《うなず》いていたロックが、ぱんと勢いよく膝《ひざ》を叩《たた》いた。

……けど、そこで思い出す。にこやかに微笑《ほほえ》んでいるハヤシさんは、本当にポーションを十本持っているわけではない。これはあくまで「ごっこ」だ。

割引だって結局、それってギルドでやってるまとめ買いサービスと一緒だし。

購入代金全額返金キャンペーンだってギルドにのぼりが立ってるけど、使ってるやつ見たことないし。

安心安全なのは事実だし、もちろんハヤシさんが言ったことは本当なんだろうけど……突き詰めたら、品物としてはやっぱりただの、いつものポーションでしかない。

でもそれが、ハヤシさんの説明を聞くと、何かすげぇよさそう、って思っちゃうんだよなぁ。

ほらな、欲しくなっただろ。

ドヤ顔をロックに向ければ、はっと我に返ったロックがバツが悪そうに笑った。

「なるほどなぁ、こういうことか」

「すごいだろ、ハヤシさん」

「何でお前が威張るんだよ」

胸を張る俺と呆《あき》れているロックを見比べながら、ハヤシさんは「昔よくやったもので」と謙《けん》遜《そん》していた。

「お客様が、必要なものを安心して適正な値段で購入できるよう、お手伝いできれば。それが何よりです」

「あ」

「ん？」

ハヤシさんの様子に、ふと気づいた。

いや、非戦闘職なんだろうなとは思ってたんだけど。

買い物上手なのも、旅やお店の手配が周到なのも、話術も気遣いも、売り物の宣伝まで得意なのも。

そう考えると辻褄《つじつま》が合う。

「……もしかして、『エイギョウ』って、商人向けの職業なの？」

「お前、今気づいたのかよ……」

◇◇◇

いくつかの街をめぐって、途中ダンジョンなんかにも立ち寄りながら、モンスターが増えて人間があまり住んでいない地域を目指していく。

シャーリーもハヤシさんもだいぶ旅に慣れて、パーティーの連携もよくなった。

全体のレベルも上がってきている。

でもまだまだ、魔王に勝てるかっていうと……そういうレベルじゃないんだよなぁ。

皆で話し合って、レベル上げを兼ねて少し遠回りをすることにした。

魔王討伐が目的の旅ではあるけど、道中でモンスター退治をしていくのも勇者——ていうか冒険者の仕事だ。

今のところ魔王の脅威は、魔王が直接何かしてきてるっていうより、モンスターとか魔族が増えてるって部分が大きい。

少しの遅れであれば、モンスターを倒していけば十分カバーできるはずだ。

いきなり攻めてこられたら話は別だけど、今んところ膠着《こうちゃく》状態って感じだし。

急いで行っても、戦力不足で負けたら元も子もないしな。

少し強いモンスターが出るようになってきて、それに合わせて進度も遅くなる。今日ももう日が傾いてきていた。

野営が三日目になり、レオンとシャーリーがそろそろ風呂に入りたいとうるさくなってきた。

ハヤシさんのおしぼりで誤魔化すのも限界だ。

一応、近くに村はある。前に入村拒否されかけたのと同じくらいの小さな村だ。

でもなぁ。また「冒険者お断り」なんじゃないかと思うとどうにも足が重くなる。けど、背に腹は代えられない。もし拒否されたら――ハヤシさんも疲れているところで申し訳ないけど、今回もなんとか説得して村の設備を使わせてもらえないか交渉してもらおう。出ていけ冒険者、とか言われて石とか投げられるかもしれないけど。うーん、世知辛《せちがら》い。

覚悟を決めて、村に立ち寄る。

村の入り口の近くに立っていた見張り番に声をかけようとすると、見張りの男が先にこちらに気がついた。

そして。

「これはこれは、旅の方ですか!?　もしや、冒険者!?」

びっくりするぐらいに口角を上げて、やたらめったらにこやかに声をかけてくる。

予想と違う反応にちょっと戸惑いながらも、頷《うなず》いた。

「え、ええと、まぁ」

「遠いところをよくぞいらっしゃいました!　ささ、何もない村ですが、どうぞ中へ!」

促されるまま、村の中へと入る。

歓楽街の客引き並みの愛想と押しの強さに目を白黒させてしまう。

ハヤシさんもいつもにこにこ愛想がいいけど、この男の態度はハヤシさんよりもずいぶん大《おお》袈裟《げさ》に感じられた。

「すぐに村長に知らせてまいります！　村を上げて歓迎させていただきますね!!」

男が駆け出して、俺たちは村の広場にぽつんと取り残された。

「……なんか、今までにない感じだな」

「これも正しい行いを続けていればこそ、ですね！」

「そうかぁ？　何かちょっとわざとらしいっつうか……」

「このあたりはモンスターも強い。過去に冒険者に助けられたことがあるのかもしれないな」

レオンの言葉に、なるほどなと頷《うなず》いた。

それで歓迎してくれるなら納得だ。ありがとう、昔のまともな冒険者。

そうだよな。素行不良の冒険者も多いけど、まともな冒険者だっているはずだもんな。それに救われた人だっているはず。

そういう冒険者がいたから、俺だって冒険者に憧れたわけだし。

話している俺たちの様子を、ハヤシさんはいつもどおりにこやかに見守っていた。疲れたハヤシさんに仕事をさせずに済んだわけだし、結果オーライだよな。

取って返してきた男に導かれるまま、村長さんのお宅に伺ってご挨拶《あいさつ》をする。

その日は村長さんの家の別宅を使わせてもらえることになった。さすがに人数分のベッドはないけど、あったかい毛布に屋根。それだけでありがたい。

お風呂も村長さんのものを使わせてもらえることになったし、こんな小さな村でこんなに!?　と思うようなご馳走と酒まで用意してくれた。

腹ペコだった俺たちは遠慮なく飲んで食べて、集まってきた村の人たちにこれまでの冒険の話をした。

酒に酔うとついつい、気分がよくなって喋《しゃべ》ってしまうのだが……ここの村の人はほとんど村の外には出ないらしく、他の街やダンジョンの話を興味深そうに聞いてくれた。

俺たちを迎えてくれた男が、またにこやかに話しかけてくる。

「こちらに立ち寄られたのは何か、クエストの途中ですか？」

「いえ、えーと。実は俺たち、勇者で」

「勇者？」

男の動きが一瞬、――ほんの一瞬だが、止まった。

うん、まぁそうだよな。

勇者って言って信じてもらえることも少ないし。この前まで偽者うろうろしてたし。

ていうかまだ何にも達成してないんだから、普通の冒険者と一緒なんだけど。

疑われるかと思いきや、男はすぐにまた笑顔になって、俺に揉《も》み手で擦《す》り寄ってくる。

「素晴らしい！　まさか勇者様にお立ち寄りいただけるとは！」

「え」

また予想外の反応に面食らう。

自分で言ってて悲しくなるけど、まさか信じてもらえるなんて。

これはあれか。ついに俺にも出てきちゃったのか。勇者のオーラ的なやつ。

「ささ、どうぞ、もっと飲んでください！　そちらのお連れ様も」

「いえ、わたしは戒律でお酒は……」

「そ、そうですか」

シャーリーに断られて、男の顔が一瞬曇った。

だがそれは一瞬のことで、今度は肉ののった皿と焼きたてのパンを持ってシャーリーに勧め始めた。

シャーリーの信仰している宗教では飲酒は禁止しても暴食と肉食は許されているようで、勧められるままにモリモリ食べている。

いい食べっぷりだ。釣られて食が進んでしまう。

ここ数日野営で節約して、腹いっぱいになってなかったからか、猛烈に睡魔が襲ってきた。

腹いっぱい、眠い。はー、幸せだ。


宴もたけなわ、俺たちはへべれけ、というところで、村長さんが言う。

「風呂の用意が整いました、女性の方からどうぞ」

「あ、ありがとうございます！」

シャーリーが立ち上がった。

が、ハッと立ち止まってこちらを振り返る。

じっと俺たちの顔を見た後で、村長さんに向き直った。

「あ、あの、お湯って……」

「ご安心を。たっぷりご用意しておりますぞ」

「必要があれば僕が沸かし直そう」

ちょっと呂律《ろれつ》が怪しいながらもそう言い切ったレオンの言葉に安心したのか、シャーリーが小さく息をついた。

俺たちのお湯まで使い切るんじゃないかと心配したらしい。どんだけ使う気なんだ。

まぁ髪とか長いとそれだけ手間暇かかるんだろう。

それにしたって女の子って風呂長いよな。中で何やってんだと思うくらい。

「もし汚れているなら、服は脱衣所に置いておいてくだされ。係の者に洗っておくよう指示しておきましょう。明日の昼には乾きます」

「何から何まで、すみません」

「いやいや。勇者様ご一行をおもてなししなかったとあっては、先祖に顔向けできませんからのぅ」

にこやかに言う村長さんに向かって、シャーリーがぺこりとお辞儀をする。

素晴らしく歓待してくれている。本当にいい村だ。こんな村があったなんて知らなかった。

こんなに冒険者に優しい村なら、どっかで噂《うわさ》になっててもよさそうなもんだけど……。

割と危険なモンスターも多いとはいえ、ベテランの冒険者なら全然出入りしてるだろうし。

……もしかして、冒険者がたくさん来たら今みたいなもてなしを受けられなくなるから、内緒にしてる、とか？

こんだけ小さな村だし、大人数で押し寄せたら迷惑だよな。料理も手が込んでるし。

この鶏肉と芋焼いたやつとかめちゃくちゃ美味い。カリカリになるまでじっくり焼いた鶏皮がたまらない。酒のつまみにぴったりだ。

これをじっくり焼いてもらえなくなるかもしれないと思ったら、人に内緒にしたくなる気持ちも分かるかも。

シャーリーが着替えやら何やらが入ったリュックを抱《かか》えて風呂に向かおうとした……が、村長がそれを呼び止めた。

「よければそちらのメイスもお預かりしましょう。職人に預けて手入れをしておきますぞ」

「え？」

「入浴の際は使いませんじゃろ」

「そ、それもそうですね」

シャーリーがメイスを村長に預ける。すかさず村長のところに男が駆け寄ってきて、それを受け取った。きっとあの人が職人さんなんだろう。

その様子を横目に、村の人が注いでくれた酒を飲む。

俺も風呂には入りたいけど、このままだとその前に潰《つぶ》れそうだなぁ。量をセーブしようにも、皆が寄ってたかって酒を勧めてくれるもんだから、なかなかそうもいかない。

シャーリーの長風呂が終わった頃には全員寝る寸前だった。武器を職人さんに預けて、よろよろしながら順番に風呂へと向かう。

最近切れ味悪くなってきてたし、研《と》いでもらえるならありがたい。聖剣なのにそのへん融通《ゆうずう》利かないんだよな、あの剣。

俺とロックとハヤシさんはさっと風呂を済ませて——レオンはいつも長風呂だが、あまりに出てこないので見に行ったら風呂場で寝ていた——村の人にお礼を言って、もう休ませてもらうことにした。

別宅に着くや否や、誰がベッドを使うかという取り合いをするまでもなく、シャーリーが倒れ込むようにベッドにダイブする。待っている間ずっと船漕《こ》いでたし、限界だったみたいだ。

俺たちも担いでいたレオンをもう一つのベッドに放り投げて、残り三人は床に敷かれた布団で寝ることにした。

あー、三日ぶりのちゃんとした寝床だ。

さすがにもうだいぶ慣れてるし、野営じゃぐっすり寝られないとか言うつもりはないけど……やっぱちゃんと屋根のある建物で布団使って寝られるのは全然違うよな。瞼《まぶた》が重い。

この日はハヤシさんも日報だけ済ませて寝ることにしたらしい。

ギリギリ俺の意識があるうちに、ハヤシさんが布団に潜り込むのが見えた。

よかった、ハヤシさんちゃんと寝てたんだな。

あんまりにも寝てるところを見ないから、もしかして夜寝られないとかあるのかなと思ってたんだ。

早く寝ないとロックの高鼾《いびき》が始まる。俺もさっさと寝よう。

まぁ、今日はそんなの気にするまでもなくすぐ寝ちゃうだろうけど。

そんなことを考えているうちに、俺の意識はあっという間に夢の中に沈んでいった。

◇　◇　◇

ふと、何かの気配を感じて目を覚ます。

何だろう。前もこんなことがあったな。もしかして、ハヤシさんがまた起き出してるのか？

やっぱ夜寝れないのかな。そういうの、ストレスが原因なんじゃないの？

そう思って薄目でタブレットの光を探すが、それらしいものは見当たらない。何だ、気のせいか。

そう思って視線を自分の正面に戻した、その瞬間。

目が合った。

眠っているはずのハヤシさんが、目を開けてこちらを凝視していた。

「っ～～～～!?!?!?!?」

怖すぎて声も出なかった。

ハヤシさん、ただでさえでも生気がないので、そうして目を見開いていると死体かゾンビにしか見えない。

心なし目にも光がないように見える。夜だから当たり前か。

「な、な、なに、ハヤシさん！」

何とか声を絞り出すと、ハヤシさんがそっと人差し指を立てて、俺に静かにするように促す。

よかった、動いた。生きてる。

「……少し、気になりまして」

「な、何が？」

「この村の方たちが、です」

ハヤシさんの言葉の意味が理解できずに、首を捻《ひね》る。

俺からすれば今のところ、さっきのハヤシさんの表情のほうがよっぽどホラーだけど。

「気になるって、何が？」

「以前、似たような状況になったことがありました」

「以前？」

「前の世界で、です」

ハヤシさんが神妙な顔で言う。

でもハヤシさんが元いた異世界って、この世界とずいぶん違うみたいだった。

なのに「似たような状況」って、どういうことだろう。

「初めて行った営業先で、やけに歓迎されるなと思いまして……そのときはまだ私も若かったものですから。きっとご契約いただけるのだろうと熱心にご説明したのですが」

ところどころ意味の分からない単語はあったものの、ハヤシさんが真剣な顔をしているので聞き返せなかった。

何となくは分かる。初めて行ったところですごく歓迎された、ってことだよな。

確かにそれは今の俺たちと似た状況だ。

「ですが――彼らには別の目的があったのです」

「別の、目的？」

ハヤシさんが頷《うなず》いた。

そしてまっすぐに俺を見つめながら、沈痛な面持ちで深刻そうに言った。

「保険の営業だったんです」

「はい？」

「私を歓迎していたのは、契約をする気があったわけではなく……逆に私に営業をするためだったのです。他にも投資や土地・不動産の販売だったり結婚相談所の斡旋《あっせん》だったりと、残念ながらそういった方ほど最初はとても好意的で」

「何の話？？」

本当に何の話？？

後半特に俺には分からない単語がずらずら出てきてあんまり入ってこなかった。

えっと。歓迎したのには、別の目的があった、ってことが言いたいのか？

「オレも同感だ」

いつの間に起きていたやら、ロックが会話に加わってきた。

ゆっくりと身を起こしたロックが、飲みすぎで痛む頭を抱《かか》えながらため息をつく。

「いくらなんでも歓迎しすぎだろと思ってたんだ」

「ええ？　でもそれ、俺たちが勇者だからじゃないのかよ」

「今まで勇者だからって歓迎されたことなんてなかっただろ」

「それは……ないけど」

言ってて悲しくなってきた。

いいんだけどさ。俺たちが平和にしたくてやってるだけだしさ。

「歓迎して油断させておいて、本当の目的は他にある。ハヤシさんが言いたいのはそういうこったろ？」

「はい、さすがはロックさん」

「でも、本当の目的って何だよ？」

「さぁな。だがいいことじゃねえだろうな。例えば寝ているうちにオレたちのことを始末する、とか」

満腹で寝ているシャーリーと、酔い潰《つぶ》れて寝こけているレオンを見る。

あんなに食べて飲んで、風呂まで入って、久しぶりのふかふかの布団。寝るなってほうが無理だろう。

確かに今この状態で襲われたりしたら困る、かも。

だんだん状況があまりよくないってことが分かってきた。

ていうか、もし本当に村の人が俺たちを襲おうとしてるなら、割とまずくないか？

だって――

「武器、村の人に預けちゃったぞ!?」

「そうなんだよなぁ」

ロックが頭を押さえてため息をついている。

いや何でお前が「あちゃー」みたいな感じなんだよ。

「怪しんでたんだろ!?　なんでロックまで武器預けちゃったんだよ!?」

「酒がうまいのが悪い」

「悪いのはロックだろ～!!」

酒のせいにするな。

酒には罪はない。

俺の師匠といい、何だって強い冒険者ってのはみんな酒に目がないんだろう。一緒になって飲んでた俺が言えたことじゃないけども。

「今のうちに村を出たいとこだが……オレたちの武器は替えが利くけどよ、お前のはそうはいかねぇ」

ロックの言葉に唇を噛《か》み締める。

そう、俺の武器は故郷の村に古くから伝わる聖剣なのだ。

今のところ特に聖剣っぽい技が使えるわけじゃないし、普段は全然そういう感じしないんだけど。

一応、魔族特攻があるという本物の聖剣だ。なくなったら替えが利かない。

「万が一戦闘になったときのこと考えても、このまま手ぶらで逃げるのは分が悪いな」

「朝まで待つとか？」

「いや。向こうも何かする気ならオレたちが寝静まった頃を狙《ねら》うだろ」

言われて、それもそうかと頷《うなず》く。

あんまり村の人を疑いたくない気持ちはあるけど……もしもの場合を考えると、相手が何もせずに朝まで待ってくれるとは思えない。やっぱり夜のうちに逃げるか、せめて迎え撃つための準備が必要だ。

そこまで考えて、ふと思う。

「どうして宴会で何もしなかったんだろ」

「シャーリーがいたからじゃねぇか？　あいつシラフだったし」

そういえば、村の人がシャーリーに酒を勧めて断られているのを見た、ような。

ていうか、村の人に何かする気があったなら、わざわざこんなまどろっこしいやり方しなくても——例えば酒や食事に薬とか毒を盛るとかすればいいんじゃないか？

それに気づいたら途端に背筋が寒くなる。

今のところ全然元気だけど……単にそこまで思いつかなかったのか、それとも……何か、俺たちが寝静まるまで待たなければいけない理由が、あったのか。

何にせよ、村の人を問い詰めないと分からないな。まずは、俺たちの態勢を整えないと。

とにかく武器だ。武器が必要だ。この家に何か、使えるものはないだろうか。

「シャーリーを起こして、明かりを」

「明かりなんかつけたらオレたちが起きてるのがバレるだろうが」

「じゃあどうすれば……」

「あの」

それまでずっと、まるでいないんじゃないかってくらい静かにしていたハヤシさんが、遠慮がちに呼びかけてきた。

今はそれどころじゃないんだけどな、と思いつつも、ハヤシさんに向き直る。

「何、ハヤシさん」

「とりあえず皆さんの武器を回収してきましたが」

「そうだな、ハヤシさんの言うとおり……」

……ん？

今、何て？

何て、ハヤシさん？？？？

「武器を回収してきました」

「何で!?!?」

もう一回言ってくれても全然理解できない。

何で？

何でハヤシさんが、俺たちの武器を？？？？

「アレクさんとロックさんが困っていらっしゃるようだったので……村の集会所の奥に隠してあったのを持ってきたのですが」

「え、集会所まで行ったの？　ここから出て？　一人で？？」

「いつの間に出て行ったんだ……？」

「お二人がお話しされている間に……あの、ご迷惑でしたか？」

「いやご迷惑ではないけども」

この前確認したハヤシさんのステータスを思い出す。

確か攻撃力が3、防御力が28、魔力が5、体力が16、素早さが8、回避が25。

アミュレットを装備してても、やっぱり一般人とほぼ変わらないステータスだ。足が速い村人からは逃げられないだろう。回避は割と高いけど、これだって普通に明るいところで正面から放たれた一般人のパンチをぎりぎり避けられるくらいのものだ。

そもそも窓の外は真っ暗だ。田舎の村だけあって周りの家ももう明かりは消えているし、今夜は月も頼りない。すぐ近くにいるハヤシさんとロックの顔がなんとか見える程度だ。

こんな暗い中、普通に歩くのだって難儀する。

しかも初めて来た村だ。勝手なんか分かるはずもない。

必死で考えても全く分からないので、素直にそのままハヤシさんに問いかけた。

「ど、どうやって、こんな暗い中」

「暗い中で作業するのは慣れているんです」

ハヤシさんがやや眉《まゆ》を下げて、頰《ほお》を掻《か》く。

「働き方改革とかで、本社から二十時以降は社内に残ってはいけないという通達がありまして……基本的に明かりを消した状態で作業していたものですから」

「……暗いところで仕事しないと怒られたってこと？」

「はい」

「でも帰っちゃダメなの？」

「仕事が終わりませんので」

ハヤシさんが当たり前のことのように言う。

当たり前じゃない。

当たり前じゃないよ、ハヤシさん。

「そんな時間まで残っているのはたいてい私だけでしたが……要領がいいほうではないもので。ノルマを達成するには時間をかけるしかなくて」

「ハヤシさん」

ハヤシさんの名前を呼んだ。

やっぱり、ハヤシさんの元いたギルドはおかしい。

だってハヤシさんは、ものすごい努力家で。俺たちが「いつのまに⁉」ってびっくりするくらい、いろんなことを先回りして済ませてくれている。

ハヤシさんが要領悪いなんて、そんなことは絶対にないはずだ。

つまり、そんなハヤシさんが残ってやらないと終わらないなんて、仕事が多すぎるに決まってる。

なのに、ハヤシさんが一人で残って、仕事するなんて。

何で誰も手伝わないいんだよ。おんなじギルドの仲間じゃないのか？　おんなじパーティーの仲間じゃないのか？

人間は朝明るくなったら起きて、夜暗くなったら寝る。そういう生き物だ。

ランプもあるし魔法もあるし、夜に遅くまで起きてることだってできるけど……でも、そうじゃないだろ。

人間らしい生活ってやっぱり、朝起きて、夜には帰って寝る、そういうのだろ。

しかもハヤシさんは、明かりをつけることも許されていなかった。

暗いと気分が沈む。効率だって悪くなる。そういうものだ。

真っ暗な中で一人、エイギョウの仕事をしているハヤシさんを想像する。あまりに気の毒な姿に、胸が締め付けられた。

夜誰よりも遅く寝て、朝誰よりも早く起きるハヤシさん。起きなきゃいけない時間より前に、自然と目が覚めてしまうと言っていたハヤシさん。

ハヤシさんの目の下のクマ。こんな生活していたら、そりゃそうなるよ。

胡坐《あぐら》をかいて、ハヤシさんと向き合う。

「暗い中で一人で動くのは危ないよ」

「はぁ」

「急にいなくなっても心配するし、いや、出てくのに気づかなかった俺も悪いけど」

「よく存在感がないと言われます」

ハヤシさんが何故かちょっと嬉しそうに笑う。

まるで「役に立ってよかった」みたいな、そんな顔だ。

きっと俺たちが武器のことを話しているのを聞いて、こっそり隠されている武器を捜しに行って、持って帰ってきてくれたんだと思う。

それ自体は助かる。すごく助かる。

でも、俺は寂しかった。

ハヤシさんが、俺たちに相談せずに、一人で出ていったことが。

だってハヤシさんは弱い。一般人と同じくらいか、戦うことを考えたら一般人より弱いくらいだ。農作業に慣れた元気な村人にだったら勝てない。相手が鍬《くわ》とか持ってたら余裕で負ける。

俺たちの武器を取りに行って、もしもハヤシさんに何かあったら？

そう思ったらすごく怖い。

もしそんなことになったら、俺はすごく後悔する。パーティーの仲間だってみんなそうだ。先に話してくれたら、できるだけ危険のない方法を一緒に考える。もしものときは助けに駆け付ける。

俺たちは、前の世界の仲間とは違う。

それを伝えたくて、何とか言葉を尽くす。

「何かする前には相談してほしい。じゃないと助けられない」

「……………」

「ハヤシさんが俺たちのためにやってくれたのは分かってる。分かってるけど……でも、それでハヤシさんが怪我したり、危険な目に遭うのは、嫌だ。俺はそう思ってる」

何て言ったら分かってもらえるんだろう。

分からない。分からないけど、俺は嫌だって、そういう気持ちを込めて、ハヤシさんの目を見た。

夜あんまり寝ないのとか、自己評価が低いとことか、一人で頑張りすぎるとことか。きっとずっとそういうふうにやってきていて、それが染みついちゃってて……たぶんすぐに変えられるもんじゃないんだろうけど。

それでも、俺は——俺が、伝えたいから。少しでも伝わったらいいって、そう思うから。

ハヤシさんは目を見開いていたけど、さっきみたいな生気のない顔じゃなくて——不思議そうな、意外そうな顔をしている。

何度か瞬《まばた》きをした後で、いつものにこやかな笑顔になって、頷《うなず》いた。

「すみません。そうですね。社会人として、報連相は基本ですよね。失礼しました」

「何かちょっと違う気がするけど、うん、まぁ、それでいいや」

あんまり伝わらなかったようで、俺は肩を落とす。

俺がハヤシさんみたいに話し上手だったらよかったんだけど。

まぁ、いいや。

伝わるまで何回だって言えばいいよな。

いつか、ちゃんと分かってくれるまで。

俺たちの会話を見ていたロックが、自分の武器を手に取って立ち上がる。

「それじゃ、一旦ここを出ようぜ」

「そうだな」

俺も自分の剣を手に取った。

そしてまだぐーすか寝ている二人を見て、ため息をついた。

「レオン起こすのが一番めんどくせぇ……」

「だから、サンダーファイヤーではなくファイヤーサンダーだと何度言わせるんだ」

「どんな夢だよ」

まだ寝言を言っているレオンを肘《ひじ》で小突く。シャーリーも眠そうに目を擦《こす》っていた。

何とか二人を叩《たた》き起こして、皆で村を出ることにした。

だが、実際のところ状況はさっきとあまり変わっていない。

村の人にバレないように抜け出さないといけないが、外は暗いし慣れない村で勝手も分からない。魔法で明かりをつけたら見つかってしまう。

武器もあるし、強行突破は何とかなると思うけど——村の人、全員が悪人ってわけじゃないかもしれない。

まだ目的もはっきりしてない中で、あんまり荒っぽいことはしたくなかった。

そんなことを考えてうんうん唸《うな》っていると、ハヤシさんがいつもの愛想笑いを浮かべて俺を見つめているのに気がついた。

「ハヤシさん？」

「はい」

「何か、考えがあるの？」

ハヤシさんに問いかける。

ハヤシさんは一瞬口を噤《つぐ》んだが、俺が促すように頷いたのを見て、話し始める。

「見張りの方に気づかれないように、この建物の外に出たい……ということでよろしいですか？」

「え？　うん」

「私一人ならば、何とか……ですが、皆さんは」

「ど、どういうこと？」

「昔から存在感がないとよく言われるんです」

ハヤシさんが照れくさそうに頭を搔《か》いた。

そういえば、仲間になってすぐの頃、やたらハヤシさんの姿を見失いそうになったり、いることを忘れてしまいそうになることが多かった気がする。

「ビルのセ●ムを鳴らさないように社内に出入りするのも、慣れていまして」

「せこ……？」

「ええと、夜間に出入りする人を検知すると警報が鳴る仕組み、でしょうか」

ハヤシさんの言葉の意味を脳内で反芻《はんすう》する。

つまり、ハヤシさんは暗い中でも周りが見えるし、警備の目をかいくぐることもできる、ってこと？

俺と同じ結論に至ったのか、ロックが不思議そうに呟《つぶや》く。

「暗殺者か盗賊みたいなスキルだな」

「いえいえ、私はただの営業です」

「異世界の人って皆そうなの？」

「おそらく」

「異世界ヤベー」

やっぱ異世界、とんでもないとこだな。

その後みんなで話し合って、ハヤシさんの後ろについてこの別宅を出ることにした。

ハヤシさんの指示に従えば、見張りや村の人に見つかるリスクは最低限にできる。

「俺たち、ハヤシさんについてくから！　頼んだ！」

「はい」

……まぁ、武器はあるし。いざとなったら多少の戦闘はしょうがないよな。

その場合でもハヤシさんはきっと逃げられる。これが一番いい方法だという結論に達した。

……のだが。

「…………本当に出られちゃったよ」

「しかも何事もなく」

「すげーなハヤシさん」

みんなでハヤシさんの指示に従って、時々屈んだり遠回りをしたり、体幹の強さが問われそうな奇妙なポーズで平行移動したりなどしながら進んだところ、驚くほどあっさりと別宅を出て、誰にも見つからないままで家三軒分ほど離れたところまで来られてしまった。

ハヤシさんはいえいえそんなそんなと謙遜《けんそん》しているが、これって結構すごいことなんじゃないのか？

きっと武器を取りに行ってくれたときもこんな感じだったんだろう。

遠くから眺めてみれば、あの別宅の周りには見張り役らしき人影が何人も息を潜めているのが分かる。

それは分かるんだけど、どうして見つからなかったのかはマジで分からない。

どういう仕組みで視線をかいくぐったんだ、俺たち。

家の陰に隠れて村人たちの様子を窺《うかが》っていると、遠くから物音が近づいてくる。

これは――翼の音？

急速に近づいてきたそれは、俺たちの頭上を通って、村の広場に着地した。

松明《たいまつ》を持った村人たちが広場に集まってくる。

その光によって、広場の様子が俺にも確認できるようになった。

あれは……飛竜に、ハーピー、か？

その中に一匹、見慣れないモンスターが――いや、あれは、モンスターというより……

「おい、ありゃ魔族だ」

「魔族!?」

ロックの言葉に、目を凝らす。

見た目は、コウモリのような翼が生えている以外は人間に似ている。おそらく男だ。きちんと服も着ている。

だが……その頭には牛のような形の角が生えていて、そいつが人間ではないことを示していた。

コウモリに似た翼に、角。

伝え聞く魔族の情報と一致している。けど、実物を見るのは初めてだった。

連れているハーピーと飛竜はこいつが従えているモンスターだろう。

数は、……ハーピー四体に、飛竜二匹か。

「連れてるモンスターは大したことない、今の戦力ならいける」

ロックの声に頷《うなず》いた。

これでもそれなりに旅をしてきたし、相手と自分の力量差を測るくらいはできる。油断せず全力でいけば……勝てない相手じゃない。

聖剣の柄《え》を握る手に力を込めた。

「ハヤシさん、ありがとう」

「え？」

「これで相手の裏をかける。……こっからは俺たちが頑張る番だから。ハヤシさんはここで、隠れてて」

「ですが……」

「ここからのハヤシさんの仕事は、命を大事にすることだから」

俺の言葉に、ハヤシさんはしっかりと頷《うなず》いた。

魔族が村長のところに歩み寄ると、かったるそうにその顔を見下ろした。

「本物の勇者なんだろうな？」

「そのように名乗ってはおりましたが……」

村長の声が震えている。

明かりが少ないながらにちらちらと見える村の人も、みんな浮かない表情をしていた。

「こんなこと限界です！　約束です、もうこの村を襲うのはおやめくだされ！」

「言われなくてもこんな村、さっさと出てってやるさ。勇者を差し出せば、な」

魔族がげらげらと笑っていた。

思わず拳を握りしめる。

あの魔族が、村の人を脅して、冒険者を差し出させていたんだ。きっとこれまでに何人もの冒険者が、犠牲になっている。

なんて非道なことをするやつだ。許すわけにはいかない。

「どれ。勇者様とご対面といこうじゃないか！」

魔族が、俺たちのいた別宅のドアを開ける。

だが――もちろんそこは、もぬけの空だ。

「あ？」

魔族の、不思議そうな声を聞きながら――

「隙あり!!」

「ぎゃー!?!?」

背後から魔族に斬りかかった。

黒色の血が派手に噴き出す。魔族の血は黒色だと、師匠から聞いた通りだ。

だが、まだ浅い。

俺が一歩後ろに跳び退《の》いたところで、すかさずレオンが呪文《じゅもん》を唱えた。

「グラビティ!!」

その場の重力が一気に強くなって、周囲を飛んでいた飛竜とハーピーが、地に落ちる。

これで俺たちの剣が届くようになる。

「光あれ！」

そこに、シャーリーが聖なる光で魔族とモンスターたちの視界を奪う。

俺たちは直前に目を閉じておいたので、すぐさま動き出せた。

「でりゃあ!!」

動くことのできないモンスターを、俺とロックで片っ端から切り伏せた。

ちょっと不意打ちみたいで勇者的にどうなんだって気はしないではないけど、先に卑怯《ひきょう》な手を使ったのはこいつらだ。

寝込みを襲われそうになったんだから、不意打ちぐらいいいだろう。

暴れられて村に被害が出るのも避けたい。いろいろと考えた結果の最適解だ。

俺が切りつけた魔族が態勢を立て直す頃には、モンスターはすべて片付いていた。

魔族がゆらりと立ち上がり、俺たちと対峙《たいじ》する。

「き、貴様ら、どうやって」

「裏口からこっそり出た」

「まさか、てめぇら裏切ったのか!」

「いや普通に自分たちで」

魔族が村長たちに疑いを向けようとしたので、速攻で否定した。

自分たちっていうか主にハヤシさんだけど。

ていうかどの口で「裏切る」とか言ってんだよ、脅してるくせに。

「クソッ、この俺が人間如きに、」

魔族が傷ついた翼を羽ばたかせて飛び上がる。

このままだと逃げられる。

剣を構え直して、叫んだ。

「足場！」

「ストーンウォール！」

「力の祝福を！」

俺の言葉に即座に反応して、レオンとシャーリーが呪文《じゅもん》を唱えた。

レオンが作り出した岩の壁を足場にして駆け上がり、シャーリーが強化してくれた脚力でもって地面を蹴って、跳び上がる。

魔族と同じ目の高さまで来たところで、剣を思いっきり横薙《な》ぎに振るった。

「だあああッ!!」

「ぐあああああ!!」

魔族の身体《からだ》が吹っ飛んでいく。そのまま村の建物の一つに突っ込み、轟音《ごうおん》とともに白い煙のようなものがぶわっと広がった。小麦か何かを入れてある倉庫だったようだ。

剣を構え直しながら倉庫に近づき、煙が切れるのを待つ。

確かに「核」を捉えたような手ごたえがあった。かなりダメージを与えた、はず！

だが……いざ視界がクリアになってみれば、魔族の姿が、そこになかった。

一体、どこに。

急に緊張感が増して、その場がしんと静まり返る。

「動くな」

聞こえた魔族の声に、振り返る。

倉庫から二軒分ほど離れた家の前に、魔族が立っていた。

思った通り瀕死《ひんし》の様相で、あと一撃で倒せそうだが……その腕に人間の男の子が抱《かか》えられているのを見て、動きが止まる。

「子どもを見捨てるなんて真似、できねぇよなぁ？　勇者様はよぉ」

「そんな、わ、私が身代わりになりますから、その子だけは……！」

「ママ、ママ……助けて、ママ!!」

「騒ぐと殺すぞ。失敗した時点で用済みだしな、お前ら」

やっと自分が置かれた状況を理解したのだろう。子どもが泣き出して、それを助けようと歩み出た母親。

しかし魔族は、それを一瞥《いちべつ》すらせずに吐き捨てるように言った。

それでも必死で駆け寄ろうとする母親を、他の村人たちが何とか押し留めていた。

その光景に、胸が痛む。

子どもを人質に取るなんてそんな卑怯《ひきょう》なこと、許せない。

だが……この状況では。

「武器を捨てろ。こいつがどうなってもいいのか？」

魔族がにやにやと笑いながら、抱えていた子どもを地面に叩《たた》きつける。

そして手に魔力を貯めて、鋭い鉤爪《かぎづめ》のようなものを作り出した。それを子どもの首のあたりに突きつける。

少しでも手を動かしたら、――子どもは助からない。

「やめて、やめてください！　お願い、どうか……!!」

母親の悲痛な叫びが聞こえる。

くそ、どこまで卑怯なんだよ、こいつ。

奥歯を嚙《か》み締めて、――それから、武器を下ろした。

魔族がにやりと笑う。

……ん？

見間違いかと思って、何度か瞬《まばた》きをする。

……あれ？

今、魔族の後ろに、何か……いや、誰か……？

神経を研《と》ぎ澄ませて、必死でそのわずかな気配を辿《たど》る。

――ハヤシさんだった。

ハヤシさんがいつもの愛想笑いで、魔族の背後に立っていた。

え？？？？？？？？

何で？？？？？？？

ハヤシさん？？？？？？

さっきまで俺の後ろで隠れてた、よね？？？？？？

そこではっと気づく。

ハヤシさん、気をつけていないとしょっちゅう見失うくらいに存在感が薄い。魔族やモンスターは魔力を検知する。ハヤシさん程度の魔力では敵として認識されないだろう。村人か——路傍の石とか。そういう存在として意識の外におかれていてもおかしくない。

そしてハヤシさんは異世界での経験のせいか……監視をかいくぐるのが、異常にうまい。魔族の側も相当なダメージを食らって切羽詰まっているのもあるだろうが、まったくハヤシさんに気づいた様子がなかった。

いや、それにしたってどうなんだろう。

魔族、後ろ、後ろ。

真後ろにいるよ、人。

逆に気づいてあげてほしい。こういう場面でさえなければ。

俺はすっかり気が抜けてしまったのだが——ロックが乱暴に斧《おの》を地面に転がした姿に、はっと我に返る。

そう、そうだよな。せっかく向こうが気づいてないのに、俺が変な顔してて気づかれたらハヤシさんの努力が水の泡だ。

レオンも構えていた杖《つえ》を下ろし、シャーリーの身体《からだ》からも聖なる光が消える。

それを見て、魔族は満足そうに笑っていた。

「そうそう。大人しくしてりゃあいいんだ」

俺は反応に困った。

大いに困っていた。

ハヤシさんが魔族の足元でうずくまっていた子どもに手を伸ばしていたからだ。こんなときどんな顔をすればいいのか、冒険者講習でも師匠からも学んでこなかった。

必死に真面目な顔を取り繕う。

でも俺、嘘《うそ》とかあんまり得意じゃないんだよな……もし俺のせいで気づかれたら、ハヤシさんが……

そこでさっと血の気が引いた。

そうじゃん。気づかれたら死ぬじゃん。ハヤシさんが。

気づいた途端に冷や汗がだらだらと出てくる。

え、俺ちゃんと言ったよね？

命を大事にって。

その命はハヤシさんの、って意味であって、子どもの命を助けてくれという意図では決してなかったわけだけど、え？

もしかして俺、やっちゃいました?

主語、省略しちゃダメなやつでした?・?

いくらアミュレットがあっても、相手は魔族。攻撃力も魔力も低級モンスターとは比べ物にならない。どんな攻撃でも一発食らったらアウトだ。

ヤバい、真顔、いや、真顔もおかしいか、焦ってる顔? 悔しそうな顔? どうすれば、えええと、ええと……。

違う意味で手に汗を握りながら見ているうちに、ハヤシさんが魔族に捕えられた子どもと手を繋《つな》いだ。

魔族はまったく気づいていない。それどころか手を取られた子どもも、きょとんとしている。

「さぁて、どいつから嬲《なぶ》り殺してやるか……」

とか鉤爪《かぎづめ》をべろりと舐《な》めながら、にたにたと陰惨な笑みを浮かべる魔族。

その背後を、ハヤシさんが子どもの手を引きながら、すたすたと歩き去る。いつの間にか子どもの手にはカロリー何とかが握られていた。いつの間にお菓子を与えたんだよ、ハヤシさん。

まるでそこだけ時間が止まっているかのようで、何とも不思議だった。

一瞬、ハヤシさんと目が合った。

ハヤシさんは俺に向かって、小さく目礼する。

まるで俺に――「任せてください」と、言うみたいに。

それを見て、気持ちが落ち着いた。

ハヤシさんには本当に心から命を大事にしてほしいけど——この局面。人質をとられたままではハヤシさんを含めてパーティーは全滅する。

逆に言えば……子どもさえ助けられれば、俺たちは魔族になんて負けない。

ハヤシさんがそう信じてくれたんだという気がして……それなら、俺も。

ハヤシさんを、信じたい。

視線だけでわずかに頷《うなず》き返す。

握っていた剣を放して、地面に落とす。そして両手を上げた。

少し後ろにいたロックが何かを察したようで、俺の隣に並ぶ。

ハヤシさんは時々屈んだり身体《からだ》を反らしたりと奇妙な動きをしながら、それでも大した時間はかけずに、子どもをお母さんのところに送り届けた。

「ママ！」

「は？」

子どもがそう叫んでお母さんの胸に飛び込んだ瞬間、時間が動き出した、ような気がした。

魔族が足元を見る。当然だが、子どもはもうそこにはいない。

お母さんも子どもが目の前に来るまでまったく気づいていなかったようで、不思議そうに目を瞬《またた》いている。

ハヤシさんが親子を含む村人たちを誘導して、魔族から離れるように促していた。

魔族がぽかんとしている一瞬の隙を突いて、ロックが俺の剣を蹴り上げた。

万歳していた手で宙を舞った剣の柄《え》を掴《つか》み、そのまま、地面を蹴る。

「なっ、貴様どうやっ」

「くらえっ!!」

魔族が俺に気づいて、鉤爪《かぎづめ》をこちらに向ける。

でも、俺のほうが、速い！

鉤爪がわずかに頬《ほお》を掠《かす》めたものの、俺は魔族の心臓に、深々と剣を突き立てることに成功した。

「が、あ……ふざけるな、この、俺が……人間如きに……！」

剣を引き抜くと、インクのような真っ黒の血が噴き出た。

魔族ががくりとその場に膝《ひざ》をつき、胸元を押さえてうずくまる。魔族の身体が、さらさらと砂のように霧散し始めた。

「その程度の力で、思い上がるなよ……魔王様の元に辿《たど》り着く前に、四天王様がお前を、必ずや……」

そんな言葉を遺して、魔族の身体は消え去った。

ドロップアイテムも残らなかった。

ふぅ、と息をつく。

普段モンスターを相手にするときよりも、さらに力が発揮できた気がする。

何と表せばいいのか……こういうのを会心の一撃、と言うのか。

柄《え》を握りなおしながら、ぽろりと呟《つぶや》く。

「……この剣、本当に魔族特攻あったんだな」

「当たり前だろ、聖剣だぞ」

「だって別にここまで体感してなかったんだもん」

剣を振るって血を払い、鞘《さや》にしまう。

これで切れ味もそのままなら最高なんだけどなぁ。

「ゆ、勇者様！」

モンスターからドロップアイテムを回収していると、村長さんはじめ村の人たちがどたばたと駆け寄ってきた。

傍にはハヤシさんがついている。子どもを助けた後、村の人を避難させてくれていたようだ。

さすがハヤシさん。待っててと言ってもただでは待ってない。

村の人は俺たちの前まで来ると、皆してモンスターの羽が散らばる中に膝《ひざ》をついて、頭を下げる。

やめなよ、ばっちいよ。

「このたびは申し訳ございませんでした!!」

「いや、脅されてたんだし。しょうがないよ」

「しかし、村を守るためとはいえ、我々はあなた方を魔族に差し出そうと……」

「結果無事だったし、もういいって」

「な、なんと慈悲深きお言葉……！　さすがは勇者様!!」

村の皆さんが口々に俺を褒めそやす。

別にそんなんじゃないんだけど、ええと。

……悪い気はしないな。

「おじちゃん」

ハヤシさんのもとに、さっき魔族に捕まっていた男の子が歩み寄ってきた。

ハヤシさんがしゃがみこんで、子どもと視線を合わせる。

さっきまで魔族に怯《おび》えて泣いていたのに、男の子はカロリー何とかを手に、嬉しそうに笑っている。

「またあそぼ」

「はい」

ハヤシさんがいつもの笑顔で頷《うなず》いた。

遊びじゃないんだけども、まぁ、子どものトラウマにならなかったみたいでよかった……

のかな。

「本当に、ありがとうございました!!」

「いえいえ、私は何も」

何度も頭を下げるお母さんに、ハヤシさんが両手を胸の前で振って謙遜《けんそん》していた。

「いや、さすがに『何も』ってこたねぇだろ」

「そうだよハヤシさん。素直に受け取っとこう」

「ですが……」

ハヤシさんが戸惑いながら、俺たちの顔を見比べる。

パーティーの皆はうんうんと頷《うなず》いていた。

その様子を見て、ハヤシさんは再び親子に向き直る。

胸の前に手を当てて、にこりと微笑《ほほえ》んだ。

「……勇者パーティーの一員として、当然のことをしたまでですから」

◇　◇　◇

「くそ、ッ、人間の、分際で……ッ!!」

胸に大穴を空けた魔族が、ずるずると身体《からだ》を引きずって森の中を進んでいた。

幻影魔法で死んだように見せかけて何とか勇者から逃れたものの、すでに息も絶え絶えだ。

「無様ね」

「ッ⁉　その、声は……！」

魔族が顔を上げる。

そこには、黒衣を纏《まと》った赤髪の女が立っていた。

一見すると人間のようだが……その頭から突き出た山羊のような角が、その女も魔族であることを示している。

「し、四天王、イライザ様！　これは、その」

「その傷、聖剣ね。これでは再生しない」

「お助けを、次は、次こそは必ず……」

「くどい」

くしゃり。

イライザと呼ばれた女が、魔族の頭を踏み潰《つぶ》した。

黒の血が飛び散り、そして――黒い塵《ちり》となって霧散していく。

「勇者、ね」

女は赤い唇をにたりと歪ませて、笑った。

エピローグ

ハヤシさんが王様に連絡を取ってくれたらしく、翌日の昼には王都から騎士が派遣されてきた。

近くの大きな町まで魔法で転移してから、ペガサスを走らせてきたらしい。

いいよなぁ、ペガサス。かっこいいよなぁ。走っても飛んでも速いもんなぁ。

すげぇ世話大変らしいけど。

別の魔族が現れないか見張りながらだけど、順番に仮眠したり村の人から食事を差し入れてもらったりしたおかげで、それなりに体力も回復した。

村の人にはもうこれでもかってくらいお礼を言われて、逆に居心地が悪いくらいだった。

現れた騎士に村のことを任せて、俺たちは次の街に向けて出発することにした。

次の街への道中も魔族に出会《でくわ》したりしないかハラハラしたが、どうやらすぐに報復に来たりはしないようだ。ロックも魔族は基本的に群れないと言っていたし、ひとまず安心する。

野営で一泊して、次の日の昼には目的としていた街に到着した。

いつも通りハヤシさんの手腕でよい宿が予約されていたし、近くのおいしい食事処もリサーチしてくれていた。

皆で乾杯をして、一気に酒を飲み干す。

「おつかれ!!」

口々に互いを労《ねぎら》った。

やっぱり魔族と対峙《たいじ》したことで、ここに来るまでみんな、気を張っていたんだと思う。

やっと一息つけて、緊張が緩んで……いつもの調子が戻ってきた感じだ。

「魔族倒せて、ちょっと自信ついたなぁ」

「フン。魔王を倒そうというのに何を今更」

「まぁありゃ向こうが油断してたのもあるだろ。まだまだレベル上げねぇと」

「でも、連携はうまくできましたよね、レオンさん！」

「さすがです、皆さん」

わいわい話す俺たちを、ハヤシさんがにこにこと笑顔で眺めて相槌《あいづち》を打った。

ハヤシさんの肩を叩《たた》いて、言う。

「何言ってんの、ハヤシさんが一番の功労者だからな！」

「いえいえ、私は戦いでは何もお役に立てませんから」

「武器取り返してくれたのはハヤシさんじゃん」

「そうだぜ。それにあの家から抜け出せたのもハヤシさんのおかげだし」

俺の言葉に、ロックがうんうんと頷《うなず》いた。

それに追随するように、シャーリーが右手を素早く挙げた。

「それに、あの子も助けてくれましたよね！」

「あれは、有事の際はお客様を避難させるようにとマニュアルがありまして」

「おかげで俺たちは思いっきり戦えた。だから勝てたんだよ」

ハヤシさんがぱちくりと目を瞬《またた》く。

しかしすぐにいつもの愛想笑いに戻ると、胸の前で手を振った。

「いえいえ、皆様の実力です」

「だから、実力発揮できたのは、ハヤシさんがいたからなんだって」

「国王にもいち早く連絡を取ってくれただろう。騎士が駆けつけてくれて村の人も安心したはずだ」

「報連相は基本ですから」

「もー、ハヤシさん！」

レオンも言葉を重ねたが、ハヤシさんはあくまで「いえいえそんなそんな」と謙遜《けんそん》している。

あまりの伝わらなさに痺《しび》れを切らして、ハヤシさんの肩を摑《つか》んで揺さぶった。

「こういうときは、『どういたしまして』でいいんだよ！」

「え」

「『当然だ』でもいいな」

「え？」

「『次も任せてください』はどうですか？」

「え？？」

「『私にかかれば朝飯前ですよ』でもいいぜ」

皆が口々に言う。

最後のロックのはハヤシさんのモノマネだろうか？

びっくりするほど似てない。褒められるところがあるとすれば、こんなに似てないモノマネを堂々と披露したその根性だけだ。

ぽかんとしているハヤシさんの目をまっすぐ見て、伝える。

「『ありがとう』とか、『助かった』とか。そういうの、ハヤシさんに伝えたいんだ。だから、たまにでいいから、受け取ってもらえたら嬉しい」

俺なりに、伝わるようにと祈りながら言葉を選ぶ。

ハヤシさんは分かっているのかいないのか、やっぱり不思議そうな、戸惑ったような顔をしていたけど……それでも、頷《うなず》いてくれた。

楽しく食べて、飲んで。

シャーリーとレオンはちょっとうとうとし始めていたけど、久しぶりの大きな街だ。

このあたりの物流の要になっているだけあって、繁華街もばっちり完備されている。

これは久しぶりにあれ、期待できるんじゃないか？

◇◇◇

期待を裏切らないのがハヤシさんである。

シャーリーと宿で別れて、俺たちは夜の街に繰り出した。

といっても、今回の店は宿のすぐ向かいの通りだ。疲れてべろんべろんでも宿に帰れるというハヤシさんのさすがの気遣いが垣間見える。

隣に綺麗なおねいさんが座ってくれるお店でたっぷり飲んで騒いで歌って踊って、大満足な夜を過ごした。

「アレクさん」

夜も更けてきたところで、いつの間にか近くに移動してきていたハヤシさんが、俺に呼びかける。

「お腹、空いてませんか？」

言われると、無性に腹が減ってきた。

食堂でたらふく食べたし、酒飲むとお腹膨《ふく》れるような感じがするのに、つまみは無限に食べられる。そして二軒めも終わりに差し掛かると何故だかやたらと腹が減ってくる。

これって何でなんだろう。人体の不思議だ。

俺の顔に「減ってきた」と書いてあったのだろう。ハヤシさんが微笑《ほほえ》む。

「実は……この街で行ってみたい店がありまして」

「夜食？　いいね！」

そう返事をして、酔って潰《つぶ》れているロックとレオンを蹴っ飛ばしてみたが、唸《うな》るばかりで一向に起きる様子がない。

仕方がないので二人に肩を貸して運んでいる間に、ハヤシさんが会計を済ませてくれていた。

やれやれ、宿がすぐ近くで助かった、と伸びをしたところで、ふと思いつく。

「飯ならシャーリーも誘おうぜ。いつも置いてくから怒ってるだろ」

「はい、お声かけしてみましょう」

蹴っても投げても起きないロックとレオンは諦めて宿に転がして、シャーリーを誘って再び街に出る。

寝間着姿のシャーリーにはデリカシーがないだのこんな夜遅くに出歩くなんてだの文句を言われたが、最終的にはしっかり着替えてそわそわした様子でついてきた。

何だかんだ興味があったんだろう。

ハヤシさんの案内で、歓楽街の端っこに位置する店にたどり着いた。

屋台に椅子が据え付けられたような、小さな店だ。赤いガラスを使ったランプがぽつんと目印のように点いている。

　店に近づくと、ふわりと何とも言えない香りが漂ってくる。

「うわー！　めちゃくちゃいい匂い!!」

「本当ですね……!!」

「このあたりでは珍しい、スープに浸した麺が食べられるお店だそうです」

「へぇー！」

　ハヤシさんの説明に相槌《あいづち》を打ちながら、椅子に座る。

　ハヤシさんがそのスープ麺を三人前、注文した。

　店に充満するスープの香りが、空腹を誘う。

　何だろう、これ。チキンスープのような、魚が入ったスープのような。その両方のような。

　嗅《か》いだことない匂いなのに、妙に食欲をそそる。

　店のおじさんが、目の前で焼いた塊肉を切っていた。あれが具になるようだ。

　ぐぅ、と腹の音がする。だが、俺じゃない。

　思わずシャーリーのほうを見れば、シャーリーが顔を真っ赤にして俯《うつむ》いていた。

「失礼、私です」

　と、ハヤシさんがフォローしてくれたので、そういうことにしておこう。

　ほどなくして、目の前に器が運ばれてきた。

ハヤシさんの言う通り、スープに細いスパゲッティのような麺が浸されている。

透き通ったスープだ。チキンコンソメのスープとよく似ている。

あつあつの状態で提供されたようで、ほかほかと湯気が立っていた。

上にはさっきの塊肉のスライスとネギ、あとゆでたまご。

彩りも鮮やかで、初めて見たはずなのにどこか、懐かしい感じがした。

ハヤシさんがお店のおじさんから受け取った「箸《はし》」とスプーンを手渡してくれる。

東方料理に使う「箸」で食べるのがこの店流らしい。ってことはこの麺も、東方の料理なんだろうか。

慣れない箸を手に、ごくりと唾《つば》を呑《の》む。

この匂い、きっとうまい。俺の本能がそう言っていた。

同じく隣で生唾を飲み込んでいたシャーリーが、ひそひそと耳打ちするように問いかけてきた。

「い、いいんでしょうか？　夜遅くに、こんな」

「いいに決まってるだろ！」

言いながら、麺に箸を突き立てる。

美味しいものはいつ食べたって悪いことなんかないだろ。僧侶、太んないんだし。

不器用ながら何とか掬《すく》った麺を、ふーふーと冷ましてから、口に運ぶ。

「うま！」

口に入れた瞬間に、スープの旨みが香りとともに一気に広がった。

匂いだけですでにうまそうだったけど、その期待を裏切らない。塩けがめちゃくちゃいい。

飲んだ後ってなんか不思議とこういう塩っけあるもの欲しくなるけど、それをじわじわと満たしていってくれる味わいだ。

さっぱりしているがどこかコクがあって、やっぱり鶏と魚、両方の味がするし……もっと複雑な、いろんなものが混ざっている気がする。何かは分かんないけど、とにかくうまい。

麺ののどごしもいい。噛《か》まなくてもするする入ってくる感じだ。そして麺にスープがよく絡んでいる。

ハヤシさんや手慣れた様子の他の客を横目に、見よう見真似ながらも食らいつくように、どんどんと麺を啜《すす》る。シャーリーはもう俺たちなど視界に入っていない様子で、一心に麺を口に運んでいた。

スープもうまい、麺もうまい、のってる具もうまい。何だこれ、めちゃくちゃ、うまい!!

思わず夢中で一気に食べ進めて、あっという間にスープまで完飲してしまった。

ぷはっと息をつく。

うわ、何か頭がしゃっきりした気がする。

足りないピースがハマったというか、ちょっと酔いが覚めたというか。

まだ全然いけるぞ、これ。

ていうか、あんまりにも……飲んだ後にぴったりすぎる。

初めての経験についつい浮き足だって、連れてきてくれたハヤシさんに勢いよく話しかける。

「いいな、これ！　夜食にピッタリって感じ！　ハヤシさんが食べたくなるのも分かるかも」

「はい」

俺の言葉に、ハヤシさんが食事の手を止めて、頷《うなず》いてくれた。

「実は、元の世界に、似た食べ物がありまして。あちらでは飲み会の後にこれを食べるのが定番でした」

「へぇー!!」

思わずでかい声で頷いてしまった。

でもなんか分かるんだもん。ほんと、飲んだ後に食べたくなる味だよ、これ。

「飲み会はあまり得意ではなかったんですが」

「えっ」

うんうんと頷いていたのだが、ハヤシさんの言葉に一時停止する。

得意じゃない？　飲み会？

確かに前、あんまりお酒好きそうじゃなかった。

なのに俺たちのために、毎回お店を準備してくれて……しかも自分も付き合ってくれて……

付き合わせていた申し訳なさから、またでかい声を出してしまう。

「言ってよ～～～!!」

「いえ、こちらの世界で皆さんと過ごす飲み会は好きですよ」

ハヤシさんが慌てた様子で、胸の前で手を振る。

遠慮してるんじゃないかとしばらくじとっと眺めていると、ハヤシさんが「本当ですよ」と念押しした。

まぁ、ハヤシさんが本当って言うなら、信じるけどさ。

ハヤシさんが手元の箸《はし》に視線を落とす。

ハヤシさんの箸の持ち方はとてもきれいで、お店のおじさんにも褒められていた。

元の世界でも……箸、使っていたのだろうか。

「飲み会は、好きになれませんでしたが……それでも、飲んだ後のラーメンは、結構好きだったなと。思い出したんです」

ハヤシさんが笑う。

「ラーメン」っていうのを思い出しているのか、何だか遠くを見ている気がした。

きっとそれが、このスープ麺に似た食べ物の名前なんだろう。

「やっぱり、おいしいですね」

ハヤシさんが、ちょっと照れくさそうに笑った。

その表情は、いつものニコニコ愛想笑いより、少しだけやわらかいような気がした。

無理して作っているんじゃなくて、思わず零《こぼ》れてしまった、って感じの顔で。

その笑顔に、何となく嬉しくなった。

ハヤシさんがおいしいって思ってくれるなら、俺も嬉しい。

異世界では過酷な暮らしをしていたみたいだから……ここでは食事のときくらい、安らかに過ごしてほしかった。

ハヤシさんも、スープ麺を完食した。そして手を合わせて、呟《つぶや》く。

「ご馳走様でした」

前にも、ハヤシさんが食事のときにこんなことをしていた気がする。

まるでお祈りするみたいなポーズだと思ったのを思い出した。

ハヤシさんはお祈りを終えると、ふぅと息をついてお腹を摩《さす》る。

「明日は胃もたれに苦しみそうです」

「え？　嘘《うそ》。俺まだ入るよ」

「わ、私も……」

それまで黙々とスープ麺を食べていたシャーリーが、もじもじしながら右手を挙げた。

俺と同じで、スープまで飲み干した空っぽの器がシャーリーの目の前に置かれている。

「さすが、胃がお若い」

俺たちの言葉に、ハヤシさんが苦笑いした。

お店のおじさんにお代わりを注文して、隣のハヤシさんを見る。

「また来ようぜ、ハヤシさん！」

「はい」

俺の言葉に、ハヤシさんはしっかりと頷《うなず》いた。

あとがき

初めまして、岡崎マサムネです。

突然ですが、つらいのって現実だけでよくないですか？？

こういうことをコメディを書く人間が言うと引かれそうなのであまり言わないようにしていますが、この物語を書く上では外せないところなのであえて言及します。

もちろん、重厚なストーリーやシリアスな展開がある物語でも、好きなものはたくさんあります。面白いものもいっぱいあります。

敵も味方も理不尽にバタバタ死んだり、裏切ったり裏切られたり、巨大な陰謀うごめく何やかんや、張り巡らされた伏線、一つ乗り越えたと思ったら、むしろ乗り越えないうちから畳みかける試練の数々、毎話毎話「どうなる次回!?」とハラハラドキドキさせられる怒濤の展開。

そういうものを受け止められる元気があるときにはいいのです。ちゃんと面白いと思えます。

ですが、その元気が足りないとき、私は思ってしまうのです。

いや待てと。

しんどいと。

現実がこんなにつらいのに、どうしてエンターテイメントの中でまでしんどい思いをしなくちゃならんのだと。

理不尽な死も、裏切りも陰謀も試練も、ハラハラドキドキどころか胃がキリキリする展開も、現実だけでお腹いっぱいなんです。

そんな体力、もう残っていないのです。毎日を生き延びるだけで精いっぱいなんです。

現実って案外、毎日毎日がデッドオアアライブなんじゃないかと思うんです。

そうやって毎日を必死でアライブしている人間が、同じように毎日を必死でアライブしているあなたのことを考えながら、書いたお話です。

誰でも、残りちょこっとの体力でも、気負わずに読めるようなお話にしたいと思って書きました。

それでちょっと笑ったり、癒されたり。たまに何でか涙が出たり。

毎日現実世界で戦うあなたに、疲れて立ち止まったあなたに、寄り添いたいと思って書きました。

そんなあなたに届いていたらと思います。

明日も一緒に、何とかしてやり過ごして、生き延びていきましょうね。

胃に優しい成分で出来ているこの物語を拾い上げてくださった編集部の皆様、キャラクターたちをイキイキとした姿で描き出してくださったてつぶた先生、そして読んでくださる皆様への多大な感謝をお伝えしつつ、今日はこのあたりで。

名前	ハヤシ（林）
性別	男
年齢	30代（詳細不明）
身長	170cm
体重	55kg

装備品

頭	なし
腕	腕時計
身体	布の服
武器	革の鞄
脚	革の靴
その他	アミュレット（地竜の鱗）

株式会社
林

ハヤシさんのステータスを見てみよう！

レベル：6　職業：営業

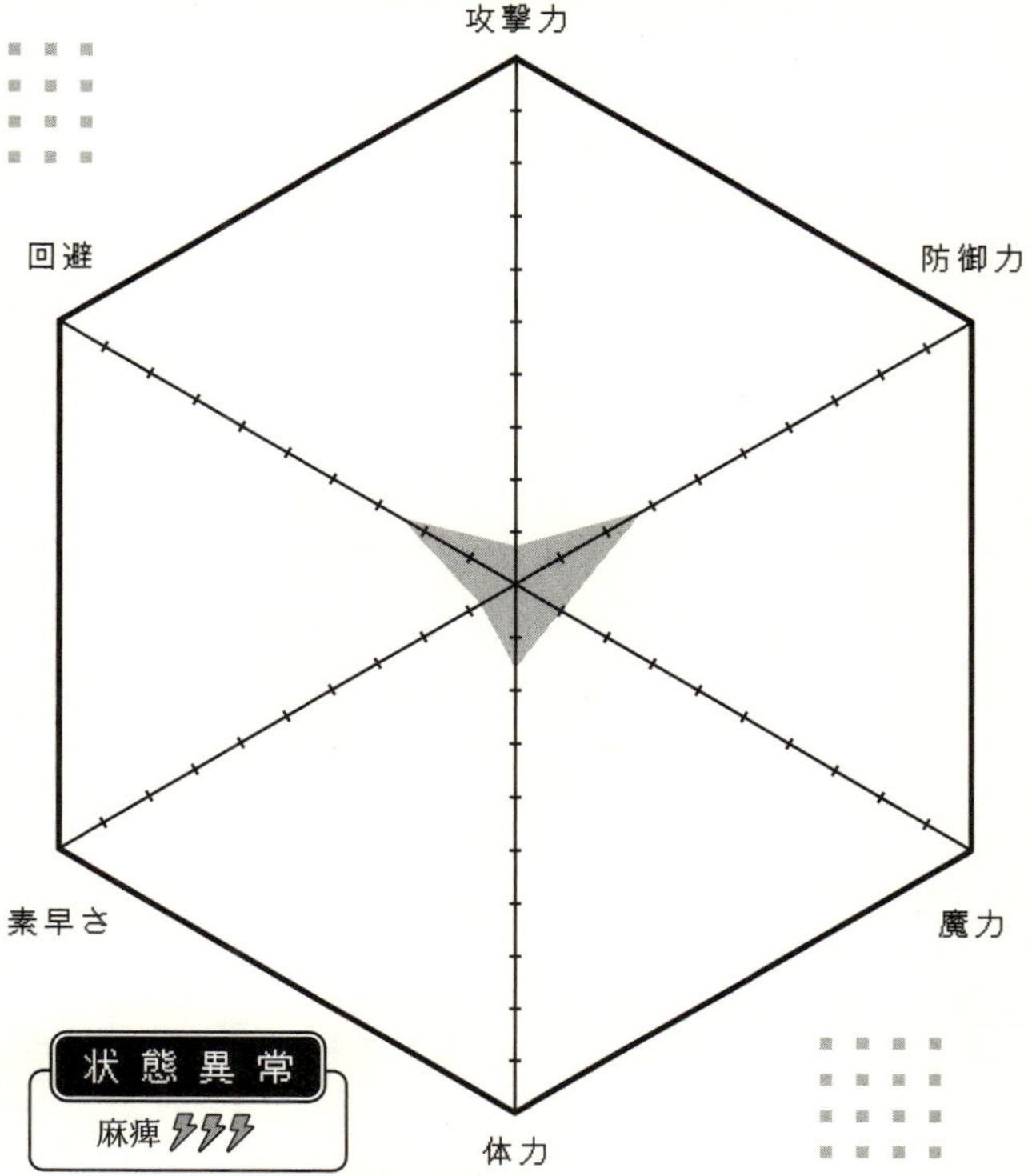

状態異常

麻痺⚡⚡⚡

スキル

情報セキュリティ管理士／ＩＴパスポート
衛生管理者／TOEIC700点
普通自動車免許／フォークリフト運転技能講習修了証

GAGAGAGAGAGAGAGAGAGAGAGA

夏を待つぼくらと、宇宙飛行士の白骨死体

著／篠谷《しのや》 巧《たくみ》

イラスト／さけハラス
定価 836 円（税込）

「僕らの青春は奪われたんだ！」二〇二三年七月、緊急事態宣言も
明け日常を取り戻しつつある僕らは、受験前の思い出づくりで旧校舎に忍び込む。
物置部屋の扉を開けると、そこにいたのは宇宙服を着た白骨死体だった。

GAGAGAGAGAGAGAGA

ガガガ文庫12月刊

異世界リーマン、勇者パーティーに入る

著／岡崎《おかざき》マサムネ

イラスト／てつぶた

勇者――魔王を討つべく立ち上がった神の使途。彼の仲間もまた実力者揃いだ。戦士、魔法使い、僧侶、“営業のハヤシ”。「エイギョウのハヤシって誰!?」これは勇者が、異世界人・ハヤシと共に魔王を倒すまでの物語。

ISBN978-4-09-453221-0（ガお13-1）　定価836円（税込）

クラスで浮いてる宇良々川さん

著／四季大雅《しきたいが》

イラスト／さかもと侑《ゆう》

「宇良々川さん、最近ちょっと浮いてね？」――彼女は実際に浮いていた、物理的に。物理法則に反する少女と、物理学を信奉する少年。何もかも正反対な二人は、鳥人間コンテスト出場を目指す！　青春グラヴィティ小説。

ISBN978-4-09-453208-1（ガし7-3）　定価858円（税込）

塩対応の佐藤さんが俺にだけ甘い10

著／猿渡《さわたり》かざみ

イラスト／A《あ》ちき

もうすぐ付き合い始めて一周年の押尾君と佐藤さん。これからを見据え、受験の下見を兼ねた東京旅行に出発した二人だったが――はしゃぎまくる佐藤さんを押尾君は制御しきれるのか!?　甘々がさらに加速する第10巻！

ISBN978-4-09-453222-7（ガさ13-13）　定価836円（税込）

僕を成り上がらせようとする最強女師匠たちが育成方針を巡って修羅場6

著／赤城大空《あかぎひろたか》

イラスト／タジマ粒子《りゅうし》

テロメアらとS級任務に臨みレベルアップを続けるクロス。そんななか、エリシアの父であり勇者一族の現当主、ガルグレイドが現れる。「――娘とは一体どういう関係かね?」“勇者の伴侶”編、開幕!!

ISBN978-4-09-453224-1（ガあ11-36）　定価957円（税込）

魔女と猟犬6

著／カミツキレイニー

イラスト／LAM《ラム》

〈オズの国〉に集結した魔女たちは、〈王のせき止め〉の砦で勃発した王家と抵抗勢力との戦争に巻き込まれる。さらには最強の魔術師である九使徒たちも参戦し、戦況は混乱を極めていく……。「オズ編」ついに完結！

ISBN978-4-09-453225-8（ガか8-18）　定価946円（税込）

ガガガブックス

パワハラ限界勇者、魔王軍から好待遇でスカウトされる3

～勇者ランキング1位なのに手取りがゴミ過ぎて生活できません～

著／日之影《ひのかげ》ソラ　イラスト／Noy《ノイ》

大罪の魔王の侵略によって魔界、人間界を巻き込んだ戦争が勃発。さらに、アレン達の前にかつて魔界に君臨した最強の大魔王が姿を現す。あらゆる権能を操る大魔王の前に、最強勇者アレンですら力及ばず――。

ISBN978-4-09-461180-9　定価1,540円（税込）

電子限定配信

異世界忠臣蔵5 ～仇討ちのレディア四十七士～

著／伊達《だて》康《やすし》

イラスト／紅緒《べにお》

帝国皇帝ノリバー五世を保護したことにより、いよいよ仇討ちの準備は整った。キッチュふくめたレディア四十七士は、覚悟をもって敵の本丸・キーラ城に乗り込むが……!?

定価1,430円（税込）

GAGAGA
ガガガ文庫

異世界リーマン、勇者パーティーに入る

岡崎マサムネ

発行　2024年12月23日　初版第1刷発行

発行人　鳥光 裕

編集人　星野博規

編集　大米 稔

発行所　株式会社小学館
〒101-8001 東京都千代田区一ツ橋2-3-1
[編集] 03-3230-9343　[販売] 03-5281-3556

カバー印刷　株式会社美松堂

印刷・製本　TOPPANクロレ株式会社

Printed in Japan　ISBN978-4-09-453221-0